夏のピルグリム

Summer Pilgrims

Takayama Kan

高山環

ポプラ社

夏のピルグリム

装画　KU
装丁　岡本歌織（next door design）

Summer Pilgrims

Contents

第一章 ✷ 旅立ちのトラック

1

「将来の夢を書いてください」

　若い男性教師が、わたしたち生徒に指示する。将来の、夢。夢とは、現在でも過去でもなく、まだ見ぬ未来にあるものなんだ、とわたしは思う。

　口角を力一杯持ち上げた教師は、今年度初めてクラス担任になった。だからなのか、全身にやる気が満ち溢れている。そのやる気が教室を圧迫し、生徒の気道を狭めていることに気づいていない。

　周りを見ると、他の同級生はまっすぐ前を向いて教師の話を熱心に聞いている。どうやら、わたし以外の生徒は息苦しいと思っていないみたいだ。さすが受験を勝ち抜いてきた選ばれし中学生たち。でも、今は素直に従っていても、休み時間、女子トイレに集まって「将来の夢なんてありえなくね？」「幼稚園じゃないんだからさ」みたいに愚痴《ぐち》を交わす光景が容易に想像できる。

「夢はゴールです。ホップステップジャンプ、わが中学に進学したみなさんはホップをクリアして、これから大学受験というステップ、就職というジャンプを目指すわけですから、今からその先にあるゴールを決めておきましょう」

やる気満々教師が続ける。全員が大学へ行くことに少しの疑いもないようだ。夢と口にする度に、教師の目がこれでもかと大きく広がる。このまま夢を語り続けたら、目玉がこぼれ落ちちゃいそう。

夢がゴール。そうだとしたら、夢を叶えた先にあるのはなんだろう。同級生が夢にあげがちな「医者になる」「海外で暮らす」を達成したら、その先の人生にはなにが待っているのだろう。両手を挙げてゴールテープを切っても、そこで人生終わりじゃない。

この教室でそんなことを考えているのは多分わたしだけだし、自分が考えすぎで、空想にはまりがちなのは自覚している。この教室で求められているのは空想力ではなく、実行力だ。

わたしは「将来の夢」と書かれたプリントに目を落とし、しばらく考えたのち自分の夢を書き込む。

『夢を持たない』

なりたい職業はない。白衣を着たくもないし、英語が必要な海外で働きたくもない。わたしには夢を持つ資格がない。だから、わたしは夢を持たないことを将来の目標とする。

一行だけ書いて、窓の外を見上げる。六月のイメージに反して、空は晴れ渡っている。梅《つ》雨《ゆ》がある六月がいつも雨雲に覆われていると思うのは六月への偏見だ。六月だって晴れたいときもあるはずだ。

わたしと青空の間に座る子が目に入る。マチだ。マチは黒いベリーショートの横髪を傾け、くの字に背を曲げてプリントと向き合っている。マチは、いつも全力だ。どんなことでも目の前にあるものから逃げずに、剣も魔法も使わずに自分の力だけで現実に立ち向かう。

わたしの視線に気づいたのか、マチがこちらを向く。

マチが指で大きく広げた目玉をギロギロと動かす。教師のモノマネだ。わたしは懸命に笑いをこらえる。マチは楽しく愉快なことをいつもわたしへ届けてくれる。

『書けた？』

と、マチの唇が動く。

改めて自分が書いた文字を読み、わたしは首を横に振る。

「今書いた将来の夢が、あとで変わっても全然構いません。中一のみんなが持っている情報はわずかです。これからこの学校で知識を蓄え経験を積めば、視野がどんどん広がっていきます。今まで見えなかった遠くのものが見えてきます。こんな風にね」

山頂から遠くの景色を望むように手のひらで庇《ひさし》を作るが、生徒が無反応なので、担任が不満そうな顔をする。

「あと五分で集めますよー」

すべったのを誤魔化したいのか、やまびこを期待するみたいに両手を口元に立てて、担任が生徒に声を掛ける。

わたしは「夢を持たない」の文字を消しゴムで擦る。夢の文字が黒いかすに変わる。夢を持たないわたしは自分の意志を貫くこともできない。

うっすらと夢の文字が残る上に新たなよそゆきの文字を被せる。

『公務員』


下りの電車で帰る生徒は少ない。多くの生徒の家は、学校と同じく都内にある。おかげでマチとふたりだけで電車に乗っていられる。他の生徒と同じ電車だったら、同級生のえげつない悪口を聞くか、同級生から離れて寝たふりをしなければならなかった。

「今夜の緊急生配信ってなんだろーね？」

田園都市《でんえんとし》線から川崎《かわさき》行きの南武《なんぶ》線に乗り換えた車内で、吊り革に掴まっているマチが言う。

「なんだろうね。すたぱれ史上最大の発表ってあったけど」

異次元アイドルグループ「すたぱれ」。「すたーぱれっと」が正式名称だけど、ファンは親しみを込めて「すたぱれ」と呼ぶ。

「昨日のこうやさんのメッセージ見た？」

こうやさんは、すたぱれのリーダーだ。

「見てない。スマホの時間を制限されているから」

「そっか、ナッツの家、厳しいんだよね。えっと、みんなと喜べるのが楽しみハート、だって」

こうやさんのアニメ顔が映るスマホ画面をマチが見せてくれる。スマホの持ち込みは校則で禁止されているけど、マチはそんなの気にしない。

「尊い」

「尊い」

わたしはマチの言葉に合わせる。

たくさんの人を乗せた電車が川崎市内を走る。背の高くないマチが無理やり吊り革に摑まっているから、電車の振動で彼女の身体が傾き、カバンにぶら下げている「だぁと君」の黄色いキーホルダーが左右に揺れる。デフォルメされた二頭身のアニメキャラ。だぁと君は、マチが推しているすたぱれのメンバーだ。

マチと親しくなったのは、すたぱれがきっかけだった。必死で合格した私立中学に、わたしは知り合いが誰もいなかった。

入学式が終わり、自分のクラスが決まっても、友達がすぐにできるわけがなかった。付属小学校から進学した生徒たちは生まれてからずっと一緒にいたかのように仲が良く、彼女たちのよく似た笑い声がわたしを焦らせた。

唯一の救いは、中学受験に合格して外部から入学した生徒はみんな、わたしと同様に知り合いがおらず、近くに座る生徒とおざなりの会話をはじめたばかりだったことだ。

だけど、わたしは知っている。世の中にはゼロから友達を生み出すことができる魔法使いみたいな人間がいることを。小四のときに新潟《にいがた》から転校してきた子は、わずか一ヶ月でわたしを上回る数の友達をつくった。わたしには彼女が魔法を使っているとしか思えなかった。

入学式後の教室で、ぎこちない会話の輪にも入れず、孤独をごまかすようにさまようわたしの瞳に、マチのカバンにぶら下がるだぁと君のキーホルダーが映った。わたしの視線に気づいたマチが、あなたもすたぱれが好きなの？　と声を掛けてくれて、わたしはぎこちなく頷いた。それから、わたしはマチと話すようになった。

「ファンが喜ぶことだから、アルバム発売とか？」

「あり得る」

「逃せないね」

「逃せない」

わたしは、またマチに合わせる。わたしの言葉がマチの言葉に黒い影のようにそっと寄り添う。

一日三十分に限られているスマホの使用時間を、今日はすたぱれの重大発表の確認に使おう。明日のマチとの話に合わせるために。

「将来の夢はなにを書いたの？」

マチが話題を変える。沈黙ができそうになると、マチはすぐに新しい話題を持ち出してくれる。自分から話すのが苦手なわたしにとってマチの気遣いは助かる。

「マチはなんて書いたの？」

　自分から言わずに、マチの答えを先に訊いてしまう。訊いてしまったあとで、それはまだ少しマチに心をひらいていないからだと思う。

「あたしはね、お腹一杯ハーゲンダッツを食べる、って書いた」

　恥ずかしそうだけど、少し誇らしげにマチが答える。

「ハーゲンダッツ？　アイスだよね」

「おいしいけど高いじゃん、ハーゲンダッツ。うちは兄弟が多いからさ、詰め合わせの小さいカップをみんなで分けて食べるんだ。長女のあたしは残り物のバニラばっかり。好きな味のアイスをたっぷり食べたい」

　マチの家は川崎南部にある。自分ちは貧乏だとよく言っているけど、本当にお金がない家の子は私立中学へは行けないとママが言っていた。

「すたぱれは？　将来推すのをやめるの？」

　ガタンと電車が揺れる。わたしは手すりを摑む手にぐいと力を入れる。

「推し続けるにはお金が必要。投げ銭に、ライブチケット、グッズ代、遠征費。ハーゲンダッツを楽勝で食べられるぐらいお金がないと推し続けられないよ」

「そうだね」

　マチはわたしより賢い。自分の「好き」と自分の「将来」をきちんと紐づけている。

「ナッツは？」

マチがわたしの名を呼ぶ。初対面で、夏子《なつこ》、と名乗ると、じゃあ、ナッツだね、とマチが命名してくれた。わたしの名前にしては、夏子は明るすぎるとずっと思っていたけど、ナッツはナッツで、なかなか元気な呼び名だ。

「わたしはね、公務員って書いた」

ちょっと古い南武線の車両が、またガタンと揺れる。

「公務員。すっごくひろい。先生も刑事も消防士も公務員だよ。なぜに公務員？」

わたしの曖昧《あいまい》さをマチが指摘する。

「推しを推し続けるために」

わたしにしては強すぎる言葉をわざと吐くと、言ったばかりの言葉を打ち消すように唇が震えた。

マチがわたしのカバンにぶら下がるキーホルダーに視線を落とす。空色をした「羽猫《ぱねこ》くん」のキャラクター。二次元キャラの羽猫くんは、鳥の羽を猫の耳のように頭に生やしている。だぁと君と同じくすたぱれのメンバーである羽猫くんがわたしの推し、だとマチは思っている。だけど、このキーホルダーはわたしのものではない。

「カッコええ。あたしもハーゲンダッツを食べながら一生推し続ける」

「うん」

わたしが応えると、電車は武蔵小《むさしこ》杉《すぎ》駅に到着した。

車内でマチと別れて、武蔵小杉の巨大な駅を出ると、たくさんのタワーマンションが嫌でも目に入る。トンボの複眼みたいに密集した無数の窓がオレンジ色に光り、こちらをギロギロと監視している気がする。

相模原《さがみはら》からこの街に引っ越してもう三ヶ月になるのに、自宅のあるタワーがどれだかわからなくなることがある。間違えたタワーを上って、同じ部屋番号のチャイムを鳴らしたら、見ず知らずの家族が温かく迎えてくれて、その家で一生暮らすことになるのではと夢想する。

なんとか自分の家があるタワーの麓《ふもと》まで来た。わたしは口を開けて見上げる。他のタワーと同様に無数のオレンジの窓が空に向かって縦に並んでいる。わたしの家は半分よりちょっと上にあるはずだけど、いつ探しても自宅の窓あかりが見つかったためしがない。

自動ドアを抜けると、エントランスに綺麗な女の人が座っている。コンシェなんとかという人らしいけど、その名を口にするのはなんだか恥ずかしい。

「おかえりなさいませ」

コンシェなんとかさんが、わたしに向かって丁寧にお辞儀をする。

「どうも」

わたしは慌ててぎこちない挨拶をして通り過ぎる。あんなに綺麗で大人なのに、ちっちゃな中学生に向かって頭を下げられるなんて凄いなと思う。

エレベーターのパネルには五十個もの四角いボタンが並ぶ。半分より少し大きい数字のボタンを押す。

エレベーターを降り、絨毯《じゅうたん》が敷かれた内廊下を進み、ようやく自宅まで辿り着く。「下校」という言葉には似つかわしくない長く遠い道のり。引っ越し前に住んでいた相模原の小学校は、歩いて五分のところにあったのに。あのころの集団登校は面倒だったし、六年生になって班長として先頭を歩くのは恥ずかしかったけど、今はちょっと懐かしい。

ここまでの道程《どうてい》を「帰還」と名づけたいし、できれば、王様や王女に謁見したい気分だけど、ドアの先にいるのはママと妹のチイちゃんだ。最近のママは自宅で働くことがある。テレワークというものだそうだ。

わたしは息を整え、チャイムを鳴らす。

「ご飯よ」

ママに呼ばれると、ソファに座っていたチイちゃんをパパが軽々と持ち上げ、わたしの隣の幼児用チェアに乗せる。チイちゃんを赤ちゃん扱いするパパを見て、ママが眉をひそめる。ぬいぐるみを抱いたチイちゃんが笑顔を向けるので、わたしはテーブルの下で小さく手を振る。

「電車での通学は慣れた？」

食卓の向かい側に座るママが話しかけてくる。

「まあまあ」

わたしは、ママが作ったパエリアのムール貝を手に取る。

今日の夕食当番はママだ。我が家の家事は完全分業制が取られていて、ママとパパが毎日代わりばんこに料理をする。

「体育はなにをしたの？」

ママが次々と質問を浴びせてくる。あんまり早いので、わたしの回答を聞かずに次の質問を考えているのだと思う。テニスの選手みたいに、わたしはママの質問を打ち返し続けないといけない。

「ダンス」

「うまく踊れた？」

「まあまあ」

「お友達はできた？」

「まあまあ」

同じ「まあまあ」だけど、ダンスの出来よりも、胸を張って答えられた。わたしには、マチがいるから。

たくさんの質問を毎日繰り出すママだが、友達について尋ねるのは中学に入学してから初めてだ。いつ確かめようか様子を窺っていたに違いない。

「よかった」

とママが安心した顔で言う。「よかった」のはママであって、わたしが「よかった」ことを喜んでいるわけじゃないと思う。

幼児用チェアにちょこんと座る妹のチイちゃんを見下ろす。チイちゃんは大好きな犬のぬいぐるみ「カタン」を抱いている。カタンは犬だけど二本足で立つ形をしている。お気に入りのカタンがいれば、チイちゃんは食事中に騒いだりしない。賢いのだ。

「どんなお友達だい？」

ママの隣に座るパパが訊いてくる。

「わたしと同じ外部から入学した子で、川崎の海の方に住んでいるんだ」

「受験組ね」

ママがわたしの友達にラベルをぺたりと貼りつける。わたしが通う私立中学は、付属小学校から進学した子と中学受験に合格して入学した子が混在している。受験組の子の方が、付属組の子よりも勉強ができてしっかりしているとママは思っている。

「英語はどう？　小学校の授業とはレベルが全然違うでしょ。英語は大人になっても絶対に使うから、基礎をきちんとやっておかないとあとが辛いわよ」

アメリカの会社に勤めるママは英語がペラペラだが、わたしは英語が苦手だ。

「まあまあ」

わたしがそう答えると、チイちゃんが、まあまあ、まあまあ、とわたしの口真似をして、場を和ませようとする。

「中間テストの英語は六十点だっけ。この先もっと難しくなる。小学校の子たちと違って、今の学校の子は勉強ができるから、すぐに置いていかれちゃうわよ。期末テストの勉強はもうはじめている？」

ママが機《き》関銃《かんじゅう》みたいに言葉をばら撒き、わたしを撃つ。こんなに速く口が回る遺伝子がわたしには少しも受け継がれていないのはどうしてだろう。

「まあまあ」

おしゃべり遺伝子をもたないわたしは同じ言葉でその場を逃れようとする。

「できないなら、ママが教えるからちゃんと言ってよね」そう言いながら、ママは壁の掛け時計を見る。「サンフランシスコの本社とウェブ会議があったんだ。あなた、皿洗い当番スキップしていい？」

「いいよ」

パパが答えると、ママはそそくさと席を立ち、イタリア製のコーヒーメーカーで抽出したコーヒーをカップに注いで寝室へ向かう。

ママとパパは共働きだ。ママはアメリカに本社があるＩＴ企業に、パパはビルや公共施設を設計する建設会社に勤める。どうやらふたりとも高給取りのようだが、パパよりもママの年収が高いのは、ふたりを見ているとわかる。うちの両親のような高年収の夫婦をパワーカップルと呼ぶとテレビで言っていた。

親がパワーのあるカップルだから、わたしは私立中学へ進学できて、小学校卒業と同時にこの天空の塔へ引っ越すことができたらしい。

おしゃべりのママがいなくなり、パパとチイちゃんと三人になった食卓は静かになったけど、なんだか落ち着かない。

当てもなく視線を泳がすと、壁に飾ってある一枚の絵が目に留まる。チイちゃんがクレヨンで描いたその絵には、家族全員の顔が並んでいる。パパとママ、チイちゃん、そしてわたし。絵の中のわたしたちはみんな仲良く笑っている。

この絵には秘密がある。チイちゃんの隣には犬が描かれている。だけど、白い画用紙に白いクレヨンで描いたから明るいところで近づかないと見えない。チイちゃんは犬を飼いたかったけど、ママが犬嫌いなので許してもらえなかった。仕方がないので、チイちゃんは、見えないように白いクレヨンで白い犬を描きこんだ。このことを知っているのはわたしとチイちゃんだけだ。

色とりどりの食材を抱え、子供が描く太陽みたいに強烈な黄色を放つパエリアを見ているだけで、お腹がいっぱいになる。

席を立とうと思った絶妙なタイミングで、チイちゃんがわたしの袖を引っ張る。

行こか、とわたしが目で合図をすると、チイちゃんがこくりと頷く。

「ごちそうさまでした」

わたしはチイちゃんの小さな手を握り、自分たちの部屋へ戻る。

子供部屋の半分を占める二段ベッドの下の段にわたしとチイちゃんは転がりこむ。わたしたちふたりは、いつもここで遊ぶ。

「すたぱれ、すたぱれ」

チイちゃんがわたしにおねだりする。

「ちょっと待ってね」

ベッドから出て、机の引き出しからスマホを取り出す。

わたしはスマホの時計を見る。すたぱれの生配信はもうはじまっている。早くチイちゃんにメンバーの姿を見せてあげたいけど、わたしのスマホは毎日三十分しか使えない制限が掛けられている。パパとママは年がら年中スマホやパソコンを触っているのに。

ベッドに戻って、チイちゃんの横に寄り添い、スマホを握りしめる。スマホを操作したら、貴重な時間が削られてしまう。わたしはじっと機会を窺う。

「ねえ、まだぁ？」

チイちゃんがせがむ。

「もうちょっとだけ待ってね」

「羽猫くんに早く会いたいよ」

生配信開始から五分が経過した。そろそろオープニングの挨拶が終わる頃だ。スマホのロックを素早く解除し、生配信しているアプリを起動する。

画面にデフォルメされたすたぱれメンバーのキャラが映る。普段のすたぱれメンバーは顔を隠した三次元の姿か、二次元のアニメキャラで動画に出演する。リアルで行うライブだけは、素顔のままでパフォーマンスするので、メンバーの本当の姿が見たかったらライブ会場へ行くしかない。わたしは素顔の羽猫くんを見たことがない。二次元と三次元を行き来するから、すたぱれは自分達を異次元アイドルグループと称している。

それぞれのカラーに合わせたキャラクターはどれも特徴的だ。羽猫くんは空色で、名前のとおり羽の形をした猫の耳をつけている。頭の羽を動かして、画面の中を飛び回る。

マチの推しであるだぁと君のカラーは黄色で、髪は金髪。メンバーのキャラクターたちが、画面内でキャッキャッと楽しそうに話している。

「ねえ、そろそろ発表してよー。みんな、待ってるよー」

グループの中で末っ子的ポジションに立つ羽猫くんがリーダーにねだる。

『そうだ！　そうだ！』『いいぞいいぞ』などのコメントが一斉に飛ぶ。

発表を催促するように、ファンからのお布施《ふせ》というべき投げ銭の金額が次々と画面に表示される。その度にメンバーが投げ銭をしたファンのハンドルネームを読み感謝を伝える。ファンは推しに名前を読んでもらいたくてお金を払うのだ。

「オッケー、オッケー。じゃあ、そろそろ発表しちゃいますか？」

リーダーのこうやさんが元気の良い声を出すと、他のメンバーのキャラが画面内を跳ね回る。

「この夏、すたぱれは単独ライブを行います！」

こうやさんが叫ぶと、メンバーが「やったー！」「お待たせー！」と口々に叫ぶ。

同時に、『おめでとう！』『最高!!』『ご馳走《ちそう》ありがとうございます』などのファンからのコメントが滝のように流れる。同時接続数は一万を超えている。中には『予想通り』『知ってた』などの冷静なコメントも挟まる。たとえ本当に知っていたとしても、せっかく盛り上がっているのだから、みんなの熱気を冷ますことは言わない方が良いのに。わたしはファンのコメントを冷静に眺める。

「場所は東京《とうきょう》ドームだからね！」とすたぱれのサブリーダーである「ウェル」さんが付け加えると、ファンの興奮は最高潮に達した。

単独ライブは今までもあったが、東京ドームのような大きい施設での公演は初めてだ。ずっと応援してきた古参のファンにとっては、ドームでライブができるほど人気者になったことが自分のことのように嬉しいのだろう。

そこで画面がロックされた。砂がなくなった砂時計の画像が表示される。制限時間が過ぎてしまったのだ。

「羽猫くんをもっと観たいよ」

チイちゃんが不満げな顔をする。

「スマホが使えないんだ。我慢してね」

「じゃあ、チイちゃんねえ、ライブで羽猫くんに会いたい」

ベッドに座るチイちゃんがわたしの顔を見上げる。

「チイちゃんはまだ小さいからライブには行けないよ」

　わたしは小声でチイちゃんに言う。

「えー、行きたい！　行きたい！」

　犬のぬいぐるみを抱えたチイちゃんが駄々をこねる。チイちゃんは一度言い出すと、なかなか引かない。

「人がいっぱいだから危ないし、変な大人もいるかもしれないし」

　言いながら、まるでママみたいな言い方だとわたしは思う。隣の部屋から、日本語よりも大げさに喋るママの英語が呪文みたいに聞こえる。このマンションは壁が薄く、隣の部屋に音が漏れやすいと建築士のパパがぼやいていた。

　羽猫くんを推しているのは、わたしではなくチイちゃんだ。ふたりで動画を観ているときに、画面に映るアニメキャラの羽猫くんを指さして好きだと言い出した。チイちゃんは猫より犬が好きなはずだけど、耳が羽の形をした羽猫くんの姿が面白くて気に入ったのだと思う。

　カバンにぶら下げている羽猫くんのキーホルダーはチイちゃんのものだ。マチに話しかけられた翌日、チイちゃんから借りたキーホルダーを自分のカバンにつけて、わたしは羽猫くんを推しているふりをした。おかげで、すたぱれについて話すようになり、わたしはマチと仲良くなれた。わたしもすたぱれの歌を聴くのは好きだけど、チイちゃんの「好き」とは違う気がする、だぁと君を全力で推しているマチとも。

　チイちゃんが不満そうな顔をしている。

「ライブのことは考えておくから、今は、お話、しようね」

納得したのか、チイちゃんが静かに頷く。

枕元で横になっていた猫のぬいぐるみ「ブルワイズ」を手に取る。黄色い猫のブルワイズもカタンと同じく二本足で立つ。カタンとブルワイズは、北欧出張のお土産にママの同僚がくれたぬいぐるみだ。犬好きのチイちゃんがカタンを、わたしが猫のブルワイズをもらった。

チイちゃんが、空色をした犬のぬいぐるみカタンを立たせる。

「お話」は、わたしとチイちゃんがずっとやっている遊びだ。ふたりでぬいぐるみを操って物語を作る。他人の動画を観ているより、自分たちでお話を作る方がわたしは好きだ。

「昨日の続きね」わたしはブルワイズをカタンの向かいに立たせる。「カタンとブルワイズは、デロンギ王国の外れにある音の里で遊んでいました。音の里は音楽に合わせて地面が上下に揺れる愉快なところです」

「ふわふわして楽しいね」

チイちゃんがカタンを上下に動かす。

「ほんとだね」

わたしはトランポリンで跳ねるようにブルワイズを揺らす。カタンとブルワイズはふたりで仲良く踊っているみたいに見える。この時間がいつまでも続けば良いのにと思う。

「黒い雨雲が広がってきた。空が真っ黒だ。雨が降る前に帰ろうよ」

チイちゃんがカタンの首を指でつまみ、上に向かせる。

「いや、あれは雨雲じゃない。魔物の群れだ」

わたしもブルワイズの首を傾ける。

「魔物？」

「そう。魔物は荒地の塔にいる魔女の手下だ」

わたしはブルワイズをベッドに座らせて、カタンの頭上に枕を浮かべた。

「うわあ、魔物が襲ってきた！　早く逃げよう！」

「逃げちゃだめだ。魔物はデロンギ王国を狙っている」

「怖いよう」

「大丈夫だよ。ふたりが力を合わせれば、魔物を追い返せる。いくよ！　カタン！」

そう言うと、わたしは再び手に持ったブルワイズを枕にぶつけた。

2

「観た？」

「観た」

朝の教室で挨拶よりも先にわたしとマチは昨夜の配信内容を確かめ合う。配信を観ておいてよかった。観ていなかったら、話を合わせられなかった。

わたしは自分の席に座り、マチはわたしの机の天板に座る。マチの脚が天板から床に向かって、すらりと伸びている。机ひとつ分の狭い空間にわたしとマチがいる。他の席に座って持ち主から文句を言われたくないので、ふたりで話すときはいつもこのスタイルだ。他人からは、わたしたちがひとつの蛹《さなぎ》みたいに見えていると思う。

六月のこの時期、クラスでは生徒の緩やかな塊ができつつある。同じ制服を着ているのに、グループによって色が違って見える。一番明るい色のグループは見た目命の付属組で、中心にいる子が今日は前髪がやばいから帰ると言って笑っている。色が少し暗めの受験組のグループは、魔女を見つけるような目を周りに向けながら小声で話している。グループ毎《ごと》に並べたらきれいなグラデーションができそうだ。

この教室で、わたしとマチはふたりだけで蛹にこもっている。他の生徒が徐々に自分たちのグループを形作っているのに、わたしとマチはどのグループにも属していない。

「ドームだって、すごいよね。調べたら五万人も入るらしいよ」

クラスの状況などまったく気にせず、昨日の発表からずっと興奮していたような弾んだ声でマチが言う。

「うん」

「行きたいよね」

「うん」

ママの質問には、自分の本当の意思を閉じ込めた「まあまあ」で返したけど、マチへは深い肯定の「うん」で返せる。羽猫くんを推していなくても、マチと一緒に出掛けられたらきっと楽しいと思う。

「チケットを買うお金はある？」

「お年玉の残りがあると思う。お金よりもママのがきつい。子供だけでライブへ行くことにいい顔しない」

「あたしたちはもう中学生だよ」

「でもね……」

わたしは言葉を止める。ママのむっとした顔が頭に浮かぶ。中間テストの結果がいまいちだったことに昨日も文句を言っていた。ライブへ行きたいとお願いしても、絶対に反対するだろう。

配信の一部しか観られなかったと言ったら、その後の詳細をマチが丁寧に教えてくれた。メンバーの近況やライブへの意気込み、練習中の失敗談、特にわたしの推しだと思っている羽猫くんについて、配信を聞きながらとったメモを元に、身振り手振りを交えて事細かに説明してくれた。

自分の推しではないのに、ここまでしてくれるマチの優しさに感動する一方、本当はマチがだぁと君を推すように、羽猫くんを推していないことが後ろめたく思える。でも、本当のことを話したら、マチは離れ、わたしは蛹の中にひとり取り残される。

「羽猫くん、みんなに会いたいって言ってたよ。とりあえず、チケットを申し込んでみるね。抽選だからさ。大丈夫、あたしの推しへの愛で当選してみせる！」

マチが屈託のない笑みを浮かべる。

チイちゃんがライブへ行きたがっていたのを思い出す。

「うん、ありがと」

わたしは弱々しい笑顔を作ってマチに返事する。

一週間後、チケットが当選したと喜びを爆発させてマチが報告してきた。かなり高い倍率だったのに、いつも明るいマチには幸運の女神も微笑んでくれる。一緒に行こうね、とマチが誘ってくれた。だけど、ライブへ行くためには、わたしはママから許可をとらないといけない。

学校から「帰還」すると、親の寝室のドアが少し開いていて、テレワーク中のママが話す英語が聞こえてきた。寝室を見ないようにして、足早に通り過ぎる。

しばらくして、食材を詰めたビニール袋をぶらさげて、パパが会社から帰ってきた。今日の夕食はパパが当番だ。

スーツから着替えて、パパがキッチンに立つ。パパの料理は丼ものが多く、今日のメニューは角煮丼。

食卓に丼を並べると、いつものようにパパはソファにいたチイちゃんを持ち上げて、椅子に乗せる。

角煮を口に放り込む。ママの料理より濃い醤油の味が口中に広がる。

「同居のこと、お母さんに話せた？」

パパがママに尋ねる。

「母さん、ずっと出かけていて電話に出なかったけど、今日、やっとつかまった。こっちで一緒に住まないかと勧めたら、私はなんでも自分でできる、年寄り扱いするなって叱られた。七十過ぎた親が言うこと？」

ママが呆れた声を出す。

「正月に大分《おおいた》の妹さんが実家へ寄ったときは元気がなかったんだろう？　外出するぐらい回復したのならよかった」

「もう歳なのに、毎日どこへ行っているのか」

ママが言う「母さん」とは、わたしの祖母のことだ。宮崎《みやざき》で一人暮らしをしている。ママにズバズバ物言うおばあちゃん（物が挟まる奥歯がないから好き勝手に話すというのが口癖だ）を、わたしは嫌いじゃない。一人暮らしが難しいほどに弱っていたとは知らなかった。

二年前、家族でおばあちゃんの家へ遊びに行ったことがある。おばあちゃん家《ち》は山の中にあり、家の前を小川が流れていた。その小川でのことをわたしは鮮明に記憶している。

わたしとチイちゃんは、小川に足をつけて遊んでいた。

しばらくして日が暮れてきたので、家へ帰ろうとわたしは誘ったが、川面《かわも》へ落ち葉を流す遊びに夢中だったチイちゃんは、まだ帰らないと言って聞かなかった。

むっとしたわたしはひとりで家へ戻ろうとした。両親、特にママが妹ばかりを構うことに嫉妬していたのかもしれない。チイちゃんは、わたしより頑固で、自分の意思をはっきり表す。わたしよりもチイちゃんの方がママに似ていた。

だからといって、小さいチイちゃんを置いてひとりで帰ろうと思っていたわけじゃなく、背を向けたら、チイちゃんも帰る、と言って追いかけてくると思っていた。

だけど、立ち止まって少し待っていてもチイちゃんの声は背後から聞こえてこなかった。

振り向くと、チイちゃんの姿はどこにもなかった。

慌てて戻ると、小川を跨《また》いで立つ長髪の男が、尻まで濡れたチイちゃんを川面から引き上げていた。落ち葉を流しているうちに滑って落ちたらしい。

なにが起きたのかわからず、チイちゃんは目をぱちくりさせていたが、長髪で日焼けした男に持ち上げられ、草の上に座らせてもらうと、安心したのか突然大声で泣き出した。

「チイちゃん、大丈夫？」

わたしは駆け寄り、チイちゃんを慰めたが、チイちゃんは泣き止まなかった。

「怖かったよね。ちょっと待ってて」

長髪の青年が膝を折って優しく話しかけると、担いでいたリュックから画用紙と鉛筆を取り出した。青年は画用紙をふたつに折って、片方になにかを描きはじめた。

チイちゃんは泣き止み、その光景をじっと見ていた。

「これをあげるよ」

描き終えると、長髪の青年はチイちゃんに画用紙を渡した。

「ありがとう！」

と元気よく礼を言うと、画用紙を持って、チイちゃんはおばあちゃん家へ走って帰った。

じゃあ、と長髪の青年は片手を上げて、山の中へ戻って行った。妹を助けてもらったのに、初対面の人と話すのが恥ずかしくて、わたしはなにも言えなかった。

おばあちゃんの家と共に思い出すのは、小川の冷たさとお礼が言えなかった後悔だ。

同居について話し終えると、今日のノルマを果たしたみたいに、パパとママは黙った。ふたりの様子を窺っていたチイちゃんも静かにしている。チイちゃんの腕の中で、カタンが首をだらりと垂らしている。この雰囲気でライブの話をしてもママに反対されそうだ。

場の空気を変えるために、わたしは学校であったことを明るく話しはじめる。教室にスズメが飛び込んできたこと、体育の時間に先生のジャージに穴があいたことを、面白おかしく聞かせた。

あまりうまくないわたしの話にパパが大げさな相槌《あいづち》を打ってくれた。ママの口元に笑みがこぼれた。

雰囲気が良くなった、と思う。わたしは勇気を出す。

「マチとライブへ行きたいんだ」

できる限り明るく、そして軽い声でわたしは言った。まるで、近所に散歩へ行くような感じで。

「ライブ？　誰の？」

マジシャンがカードをさっと隠すように笑みを消して、硬い顔つきでママが尋ねた。食卓の空気がすっと変わった。

「すたぱれだよ。異次元アイドルグループのすたーぱれっと」

冷えた空気に縮こまらないように強く答える。

「すたぱれね。夏子も好きなのね」

ママが暗い表情で言う。

「動画では素顔を公開していないけど、ライブに行けばリアルなメンバーに会えるんだよ」

わたしの話を、ママは難しい書類でも読んでいるような顔をして聞いている。

「最近、人気が出てきたよね。ニューシングルがヒットしているってネットニュースで観た」

すたぱれの近況についてパパが解説してくれる。昔アニメ好きだったパパの方がすたぱれに理解がある。ママはアニメどころかテレビもろくに観ない。アイドルの動画なんて観たこともないはずだ。

「ライブってどこでやるの？」

「東京ドーム」

わたしは懸命に説明を続ける。横のチイちゃんが、頑張ってと言いたそうな顔をこちらへ向けている。妹のためにママを説得しないと。

「ドームはキャパが大きいから人がたくさん来るわよね。大勢の人が集まるところへ子供が行くのが心配なのよ」

ママがチイちゃんを見下ろしてすぐに視線をわたしに向けた。

「マチが一緒だから大丈夫だよ。マチはしっかりしているから」

「受験組の子ね」

ママにとって「受験組」はプラスの材料。プラスのカードを出し続ければ、いつかママが納得することをわたしは知っている。プラスとマイナスのカードの枚数と強さで、大人は物事を判断する。

「あとから円盤が出るでしょ。それを買えばいいじゃない」

円盤？　なにそれ？　ＵＦＯ？　ああ、ＤＶＤのことか。

「すたぱれは顔バレしないように、ライブ映像を販売していない」

「じゃあ、心配だからママも一緒にいく」

「無理。チケットはマチとわたしの分だけ」

「チケット代は？」

「お年玉が残っている」

ママはすぐに判断を下さない。子供の意見をちゃんと聞く物分かりの良い親を演じようとする。だけど、話を聞いたからって許してくれるわけではない。自分のことだったら、ママの機嫌を気にして諦めるかもしれないが、ライブへ行くのは自分のためじゃない、妹のためだ。わたしはパパに視線を送り、救いを求める。

「ドームへ行くなら目黒《めぐろ》線が南北《なんぼく》線に直通している。乗り換えなくても一本で行けるから、迷わないよ」

わたしはため息をつく。ママが心配しているのは迷子になることじゃない。結婚して何年も一緒にいるのに、パパはそんなこともわからないのか。案の定、行き方が問題じゃないのよ、と言いたげなきつい顔をママがする。

「勉強はどうなの？」

ママが話題をいきなり切り替える。

「頑張っている」

ママへの返事の定番である「まあまあ」を今は封印して、ポジティブに答える。大人はポジティブに話すと反論してこない。弱気な答えをすると、どうして？　と質問を返される。

「中間テストは平均以下だったのわかっている？」

「だから、頑張っているって」

良い子の枠に収まるように声を抑えて言葉を吐く。

「この前の小テストでも英語がひどかったわよね」

あの学校には中間と期末だけではなく、小テスト、実力テスト、学力テストと毎週のようにテストがあり、結果は親へ郵送される。一週間で学力が向上するわけがないのに、そんなにテストをして、一体なにを確かめているのだろう。

「英語も頑張っている」

嘘ではない。わたしはわたしなりに頑張っている。日本語も辿々《たどたど》しい三歳からわたしは英語教室へ通わされた。「英語は世界の共通語」「英語ができないと望む職業につけない」と英語教材の宣伝みたいなことをママから聞かされて育った。

英語が堪能《たんのう》なママは、英語をシャワーのように浴びれば、聞き取れるようになると言ったが、大量の英語に耳まで浸かったわたしは溺《おぼ》れる寸前だ。

パパは英語が少しも話せない。それでも普通に働いているとママに言ったことがあったが、そのときママがパパをきっと睨んだのをわたしは忘れていない。

「過程も大事だけど、結果はもっと大事。お肉を柔らかく煮ても、塩っぱすぎたらその料理は失敗よ」

パパが少しむっとする。パパの料理はけっしてまずくはないけど、わたしたちの舌には味が少し濃い。

「期末テストで結果を出すから、ライブへ行っていいでしょ？」

ライブへ行きたかったらもっと勉強しろとママはわたしへ暗に伝えている。わたしはママに誘導されているのを承知で、自ら提案する。ママは子供に命令する親になりたくないから、子供の自主性に任せている体裁《ていさい》をとりたい。そんなママの思惑にわざと乗ることに、わたしは賭ける。

「わかったわ。結果を出してね。ゴールはクラスで十位以内よ」

勝手にハードルを上げて、ママが応じる。

「ライブに行けるの？」

二段ベッドの下の段で、チイちゃんがわたしに訊く。

「テストの結果が良ければね」

「チイちゃんはやっぱりいけないの？」

チイちゃんの丸い瞳がわたしを捉える。誰かに胸を押されたみたいに、わたしの心臓が跳ねる。

「ごめんね」

「羽猫くんに会いたいよ」

チイちゃんの今にも泣きだしそうな目を見ていると、わたしも泣きそうになる。

「本当にごめん」

わたしはチイちゃんの軽くて消えそうな身体を抱きしめる。

「チイちゃんの代わりにカタンを連れていく。それで、いい？」

わたしは自分のアイディアをチイちゃんに伝える。

「うん。じゃあ、あれも持って行って」

胸の中でチイちゃんの言葉が響く。

わたしは本棚に置かれた四角い形のクッキーの缶を取り上げる。それはチイちゃんが好きなものを詰めた宝箱だ。

「わかった、これを羽猫くんに渡すね。お姉ちゃん、ライブへ行けるように明日から勉強を頑張るから、今日はお話をしてくれる？」

わたしの提案に、チイちゃんが頷く。

わたしたちはカタンとブルワイズのぬいぐるみを持ち、お話の続きをクルワル語ではじめる。

カタンとブルワイズが住んでいるデロンギ王国の公用語は、クルワル語だ。わたしとチイちゃん以外にクルワル語を話せる人間はいない。英語ができなくても、わたしはクルワル語が喋れる。


カタンとブルワイズは一匹の魔物を追い払いましたが、他の魔物たちがデロンギ王国に侵入してしまいました。王国の騎士は魔物に歯が立ちませんでした。魔物に触れられた者は、みんな元気がなくなってしまいました。大人たちは働かなくなり、子供たちは勉強をやめてしまいました。田畑は荒れ果て、学校は空っぽになりました。

「みんな一体どうしたんだろうね」

カタンは首をひねりました。

「魔物がみんなの夢を奪ってしまったんだ」

ブルワイズが残念そうな顔をして答えました。

「僕たちはどうして無事なの？」

「魔物を追い払ったからじゃないか」

「どうして魔物はみんなの夢が欲しいの？」

「魔女のために集めているらしい。魔物を従えている魔女が人の夢を食べると聞いたことがある」

「人の夢っておいしいの？」

「さあ」

ふたりのところへ馬に乗った王の従者が現れました。紙のように白い顔をした従者が消え入りそうな声で王の言葉をブルワイズに伝えました。

「王様が私たちを呼んでいるそうだ」

「魔物を追い払ったご褒美をくれるのかな」

カタンとブルワイズは従者について王の城へ行きました。

城の大広間でふたりはデロンギ王国の王に謁見しました。

「荒地の塔へ行って、魔女を倒し、国民の夢を取り戻してほしい」

王がカタンとブルワイズに命じました。

「どうして僕たちがそんな恐ろしいことをしないといけないのですか？　お城には気高くて勇敢な騎士がたくさんいるじゃないですか」

「君らしかできない。他の者はみな力を失っておる」

気が進まないカタンに、王が言いました。

「でも……」

「行かせてください」

ブルワイズが力を込めて言いました。

「やってくれるか」

「危ないよ、ブルワイズ。塔には魔物がいっぱいいるんでしょ？」

「どんなに危険なことが待ちうけていても、やるべきことはやらないといけない。みんなを元気にしたいだろ？」

「う、うん」

カタンはうなずきました。

こうしてカタンとブルワイズは荒地の塔を目指して冒険の旅に出ることになりました。

3

わたしは必死で勉強した。授業を熱心に聞き、放課後は図書館やマックでわからない箇所をマチと教え合った。家ではすべての時間をテスト勉強に費やした。

こんなに全力で勉強したのは中学受験以来だ。いや、あのときより自分は集中できている。受験のときはママに言われて勉強したけど、今は自ら率先してやっている。この先に待つのは、すたぱれのライブだ。チイちゃんの代わりに、羽猫くんへ宝箱を送り届ける。

勉強ばかりしているので、チイちゃんと遊ぶ時間は減り、妹の影はうすくなってしまっているけど、これは一時的なことで、チイちゃんを忘れたわけじゃないと自分に言い聞かせる。期末テストが近づいた夜、遅くまで勉強したからか悪い夢を見て、夜中に目覚めてしまった。

夢の中で、わたしはまだ小学生で、目の前にはこんもりとした丘があった。黒く湿った土が堆《うずたか》く積もっていた。薄気味悪く怖かったけど、なぜだかそこから離れることができなかった。

わたしは丘を登った。誰かが慌てて盛ったみたいに柔らかな土は、一歩踏み出す度に滑り落ちそうになったけど、どうにか頂《いただき》へ着いた。

高い場所に立っているはずなのに、周りはぼんやりとしていてよく見えなかった。この丘だけが、世界に取り残されたみたいだった。

つま先に硬いものが当たった。足元を見下ろすと、土の中からなにかがのぞいていた。曲線を描いていて、円い金属の縁みたいだ。

なぜかわたしは土の中に隠れているものを掘り出さないといけないと思っていて、その場にしゃがみ込み、手で土を除《よ》けた。

徐々にそのものは姿を現した。硬くて円くて、まるで小さなマンホールの蓋《ふた》みたいに土の中に埋まっているものを塞いでいた。

この蓋に触れてはいけない、とわたしは悟った。誰が埋めたのかわからないけど、埋めたということは誰かが隠したいものがあるということで、残したいものがあるということだ。露《あら》わになった蓋が、突然ガタガタと動きはじめた。左右の端が揺れて、中が見えそうになった。中身を見たくないのに、見ないといけないものが隠れているのを、夢の中のわたしは知っていた。

さらに蓋が激しく動き、大きな音がした。

蓋が開きそうになったとき、わたしは目を覚ました。覚ましたというより、夢の中で、わたしは無理やり目を開けて、自らの意思で起きた。戻ってきた現実の世界で、わたしは大きく息を吐く。

無理やり眠りを断ち切ったからか、目覚めても夢の残像がすぐにどこかへ消え去ることはなく、わたしの中に居座っていた。そのまま寝るのが怖くなり、水を飲もうとベッドを出てキッチンへ向かうと、ダイニングに明かりがついていた。

ママとパパがまだ起きていた。ふたりは怖い顔を突き合わせている。わたしは気づかれないように廊下からふたりを覗き見る。

小声で話しているので、一部の会話しか聞こえてこない。意味がわかったのは、「夏子」「成績」「チイちゃん」。わたしの勉強と妹について話しているようだ。

「……ないかに行った方が……」

声をひそめてママが言った。ないか。なんだろう。内科というなら、お医者さんのことだろうか。誰かが病気なのか。わたしは元気だ。わたし以外の誰かが病気なのか。たとえばチイちゃんが……。

夜の静けさの壁を叩くように、わたしの心臓が鼓動を打つ。

それ以上聞くのが怖くなって、わたしは自分のベッドに戻り、目を瞑《つぶ》る。それでも、眠気はなかなかおりてこなかった。


期末テスト直前の土曜日、マチの家で勉強会をひらくことになった。

友達の家を訪れるのは久々だ。小四のときに近所の家へ遊びに行って以来で緊張するけど、テストの結果が悪いとライブへ行けないと言われているわたしをマチが気遣って招いてくれたのだから、断れない。

マチの家は川崎市の南部にある。川崎駅まで南武線で行き、京急線の電車に乗り換える。

車内では座らずにドアの側に立っていた。一時間考えた結果である自分の服装が通信簿のように車窓に映る。散々脱いだり着たりして、最終的に選んだのは最初に着たシンプルな形のシャツとフレアスカートだった。肩に掛けた帆布《はんぷ》のトートバッグには英語の教材が入っている。

京急川崎駅から海へ向かって数駅乗ったところにマチの家の最寄り駅があった。

小さくてかわいい駅でマチが待っていた。

「ようこそ、我が街へ！」

マチが笑顔で両手を広げた。マチはＴシャツにジーンズ姿。普段着なのがマチらしい。服選びに悩んだ自分はあれこれ考えすぎなのかもしれない。

マチの街には工場が建ち並んでいた。三角定規をのっけたような屋根が山の稜線のように連なる。

五分ほど歩いたところに、マチのお父さんが社長をしている小さな工場《こうば》があった。工場に隣接した道は行き止まりになっていて、小型トラックが停車していた。トラックは、こちらに荷台を向けている。荷台には緑色の四角い幌《ほろ》がかかっていて、荷物を運び入れるためなのか、後方がひらいている。

トラックから作業服姿のおじさんが降りてきた。

「おう、弥生《やよい》ちゃん。久々に見たら、なんだか大きくなったなあ」

マチの顔を見るなり、笑顔のおじさんが話しかけてきた。最初はマチのお父さんかと思ったけど、違うようだ。マチの隣でわたしは不器用に頭を下げる。コンシェなんとかさんみたいに優美な挨拶ができればいいのに。

マチの本当の名前は弥生だ。三月を意味する弥生を英語にしてマーチになり、さらに縮めてマチになったと入学式の日に教えてくれた。でも、他人がつけてくれたんじゃなく、自分で考えたんだけどね、とマチは恥ずかしそうに付け加えた。

おじさんはうちのパパよりも年上に見え、広いおでこの上で数少ない頭の毛が焼け野原みたいにチリチリに生えている。

「もう中学生ですからね」

「へえ、早いもんだ。この前までおぎゃあおぎゃあ泣いていたのに。俺も歳をとるはずだ」

そう言うと、おじさんが焼け野原の頭を撫でる。

「工場長は若いよ。まだトラックを自分で運転して納品してんでしょ」

「人手不足だからね。弥生ちゃんの代になるまで頑張るよ」

「うちの工場を継ぐなんて決めていない」

そうか、そうか、と大笑いしながら、おじさんは工場へ入って行った。

「うちの工場長。あたしが生まれる前から現場で働いている」

マチが説明してくれる。納品とか現場とか、わたしが普段口にしない言葉を自然に使うマチが大人びて見える。マチは大人ともうまくやっている。わたしはろくな挨拶もできないのに。

「ただいま」

工場の隣にマチの家があった。平屋《ひらや》造りの和風住宅だ。

マチが引き戸を開ける。

「おじゃまします」

板張りの廊下を進むと、誰もいないのに、なにかの気配がする。まるで、暗い洞窟に魔物が潜んでいるみたいに。

廊下に面した障子に背の低い人影が映る。

「こらっ！」

マチが障子をがらりと開けると、きゃあ、と叫んだふたりの子供が笑いながら家の奥へ逃げて行く。

「妹と弟。あたしの友達がどんなのか覗いていたんだよ。ガキだよね」

マチが呆れた声を出す。

マチの部屋は和室だった。『サザエさん』のカツオとワカメの部屋みたいだ。昔行った宮崎のおばあちゃんの家にもこんな部屋があった気がする。違うのは、すたぱれメンバー全員のポスターが壁一面に貼ってあることと、だぁと君の黄色いクッションが転がっていることだ。

「さあ、勉強をはじめよーかなー」

大きな声でマチが言う。家のどこかで耳をそばだてている弟くんたちに聞かせようとしたのだろう。声がわざとらしいので、故意に言っていると弟くんたちにもわかり、間違えて別の声を返してしまったこだまのように笑い声がくすくすと響く。弟くんたちは自分たちがスパイか忍者にでもなったつもりで、隠れているに違いない。

折りたたみテーブルを挟んで向かい合わせに座り、教科書とノートを広げる。

マチがすたぱれの曲を流してくれた。羽猫くんのパートが多い曲だ。マチの親切に感謝しつつ、自分が羽猫くんを推していない事実を隠していることに胸が痛む。

勉強をはじめると、マチが背中を曲げて集中する。テスト範囲の課題に向かって、ペンを動かす。すっごく真剣な表情。

マチを真似てわたしも勉強に取り掛かる。科目は、苦手な英文法だ。リスニングよりは文法の方がまだできるが、聞き取れないということは、どんなに勉強しても英語を話せるようにならないわけで、話せない言語の文法を勉強することにどれだけの意味があるのかわたしにはわからない。

マチはわたしと違い、英語が得意科目だ。部屋の本棚を見上げる。すたぱれのアルバムの隣に洋楽のＣＤが並ぶ。お母さんが洋楽好きで、お腹にいたときから英語の歌を聴いていたので、ネイティブの発音でも英単語が難なく聞き取れるそうだ。

「ナッツは、なんで受験したの？」

マチが顔を上げてわたしに尋ねる。知り合ってから初めて受験した理由を訊かれた。わたしの勉強が進んでいないのをみて、どうしてレベルが高い私立中学に進学したのか気になったのかと思い、わたしは顔を赤らめる。中高一貫校だから高校受験をしなくて済む、公立より先生がプロフェッショナルで親身、校内設備が整っている、とかいくつかの理由が思い浮かぶが、どれもママの受け売りだ。それを自分の言葉で説明できそうにない。

「あたしはね」

わたしの答えを待たずにマチが口を開く。わたしの返答が遅くて苛立ったのではなく、わたしが困っているのを察して自分から先に話しはじめたのだ。マチはわたしと話すときも全力だ。全力で相手のことを考えている。

「道が見えたから」

「通学する道？」

マチの家から都内の学校までは結構な距離がある。

「うーん、ひらめきだから説明しづらいんだけど、学校見学に行ったとき、校門の先にピカーッと光る道が続いているように見えた」

「未来に繋がっているということかな」

マチの将来の夢はハーゲンダッツを好きなだけ食べることだ。

「そうかもね。我が家を見てわかると思うけど、うちはお金持ちじゃない。父さんは世界のどこかで使われている機械の大事な部品を造っているけど、部品はすっごく小さいからそんなに儲《もう》からないんだ。子供が多いから食費もばかにならない。その上、あたしの授業料も掛かっている。でもね、父さんの口癖に、損して得とるってのがあって、新規の取引先にはお試し価格で卸して、うちの品質を知ってもらってから、商品の価値に見合った価格で取引するんだって。今は学費を多く払っても、あとで取り返せると思うんだ。家族のためにも」

自宅にいるからか、学校よりもマチが自分のことを多めに話す。そのおかげで、マチのしっかりした考えが聞けた。マチは自分の将来と家族を考えて、受験したんだ。マチのあとに自分が受験した理由なんて説明できない。ママに言われたからなんて、あまりに子供じみていて、恥ずかしい。

「得したお金でバケツみたいにおっきなハーゲンダッツを抱えて食べるんだ」

マチがえへへと笑う。わたしが理由を話したがらないと察して、おどけてくれた。そんなマチの気遣いが申し訳なく思える。

襖《ふすま》がノックされて、ガコガコと前後に揺れる。

マチが返事すると、マチのお母さんが部屋に入ってきた。しっかりとした体つきをしていて、小柄なマチとはあまり似ていない。マチはお父さん似なのか。見た目で判断するのはなんだけど、洋楽鑑賞が趣味なのは意外な気がする。

お邪魔しています、とわたしが頭を下げると、休みの日に友達と勉強なんて偉いね、とマチのお母さんが感心した。

お母さんが持ってきたお盆に、グレープジュースとポテトチップス、詰め合わせ用の小さなハーゲンダッツのカップがふたつ載っていて、マチと顔を見合わせて笑ってしまった。

「弥生が家にお友達を連れてくるのは珍しいね」

「地元の中学に通っていないから」

マチが早口で答えると、ああ、そうか、という顔をして、お母さんは出て行った。お母さんの喋りはマチとはちょっと違った。マチの話し方は相手を常に気遣っているけど、お母さんのそれはどこか雑で、相手の触れて欲しくない部分に刺さる。

マチが少し恥ずかしそうな顔をした。マチの小学校時代についてはあまり聞いたことがない。友達が少なかったのか、わたしと同じように。

でも、マチはわたしよりずっと社交的だ。知り合った当初、マチはわたしと同じように人見知りする子かと思ったけど、最近は、わたし以外の生徒と話すことが増えたし、先生とも仲が良い。誰とでも友達になれそうなのに、変わらずマチはわたしの友達として、蛹の中にいてくれている。きっと、それは推しのグループが同じだとマチが思っているからだ。もしも、わたしが羽猫くんを推していないと知ったら、マチはわたしから離れて、別の友達を作るだろう。

遠ざかっていった足音が再び戻ってきて、襖が開いた。

マチのお母さんだ。

「夏子ちゃん、夕飯食べていってね」

わたしはマチの家族と大きな座卓を囲んでいる。家に電話して夕飯をご馳走になる許可を得たわたしはマチの弟妹とともに座卓につき、料理ができるのを待っている。妹ちゃんと弟くんが、正座している猫でも観察するような目をわたしへ向けている。じろじろ見るなと、マチが頭を摑んで捻《ひね》ると、うわあ、首がもげたー、とふたりが倒れるふりをする。元気なふたりの姿をわたしは懐かしい気持ちで見る。

隣の和室では、マチのお父さんが畳に寝転がっている。グレーの作業服を着たお父さんは、テレビでゴルフ観戦をしている。

台所では、マチのお母さんが広い背中をこちらに向けて料理をしている。

ほら、運ぶの手伝って、と料理を終えたお母さんが肩を叩くと、子供たちが一斉に動きはじめる。みんなと一緒に立ち上がってはみたものの、どうしたらよいか勝手がわからず、柱を背に突っ立っていることしかできなかったが、お客さんなんだから座ってて、とマチが声をかけてくれた。

箸や取り皿を並べ終えると、お父さんが座卓に着いて、いただきます！　の合図とともに、一斉に食べはじめる。

回鍋肉《ホイコーロー》と麻婆豆腐《マーボーどうふ》、厚揚げと野菜を炒めた料理が大皿に載っている。うちなら、パパがつくりそうな料理だ。弟くんたちが、お城へ一斉攻撃するみたいに箸を皿に突き出す。うちの家族より人数が多いからか迫力が違う。

マチがわたしと学校のことを面白おかしく家族へ紹介する。ちょっとでも会話に隙間ができると、マチはすぐに別の話題を差し込む。だから、食卓は常に賑やかだ。

わたしの前では作業服姿のお父さんがあぐらをかいて、おかずをつまみにしてビールを黙々と呑んでいる。ビールの苦い匂いに混じって油の匂いがわずかにした。グラスを持つお父さんの爪が少しだけ黒く汚れている。土曜日でも工場を動かしていたのだろう。さっき勉強しているとき、すたぱれの曲に混じって、リズミカルな機械の音がかすかに聞こえた。世界のどこかで誰かが求めている大事な部品を造っていたんだ。

ママは英語で外国の人と話して働いているけど、それは一体誰の役に立っているのだろう。仕事の内容を訊いたことがあるけど、なにをしているのか、ママの仕事がどうして世界のために必要なのかさっぱりわからなかった。綺麗に磨かれた爪をして、柑橘《かんきつ》系のフレグランスが香るママの忙しさは誰を救っているのか。

「今度、推しのライブに行ってくるね」まるで近所のコンビニにでも行くみたいにマチが言う。「自分のお小遣いでチケットを買うし、ナッツと一緒だから」

「はい、了解しました」

マチのお母さんがあっさりと許可する。いや、許可じゃない、マチは親にお願いしていない。報告しただけだ。お父さんはなにも言わない。うちもそうだけど、お父さんというのは娘がなにをしようと関心がない生き物のようだ。

よしゃ、とマチが大きくガッツポーズをした。嬉しそうなマチの顔を見ていると、マチのように推していないわたしは心苦しくなる。

次はナッツだね、という顔をマチがするので、わたしは無言で、小さく首を曲げる。ライブに行けなくなったら、マチはわたしから離れていってしまう。自分のためにもテストで良い結果を出さないと。これから待ち受ける試練のために、マチのお母さんが作ってくれた元気が出そうな料理を食べる。

4

一学期期末テスト。中間テストと違って、主要五教科以外にも保健体育などの教科が加わり、テストは三日間かけて行われる。

わたしは全力を尽くした。暗記科目はテスト範囲の用語を徹底的に覚え、数学は練習問題を何度も解いたのである程度できたが、問題は英語だ。

最終日に英語のリスニングテストがあった。指で広げた耳をスピーカーに向けて、どんなわずかな音も聞き漏らさないように全神経を耳に集中させた。だけど、聞き取れない英単語が飛び込んできて、わたしは慌てた。一旦、焦りはじめると、どこからかママの叱責《しっせき》が聞こえる気がして、次の単語も聞き取れなくなり、外国人女性が話す言葉が魔女の呪文のように聞こえた。

チャイム。期末テストが終わった。窓際に座るマチがこちらを向いたので、わたしは小さく拳を握った。

できる限りのことはした。ママがゴールに設定した十番以内に入れたかはわからないけど、今自分が持てるものをすべてテストにぶつけた。それだけのことができたのは、マチと一緒にすたぱれのライブへ行き、羽猫くんにチイちゃんの宝箱を渡すという目的があるからだ。

朗報があった。テストの結果が判明するのは、ライブがある日曜日以降になるらしい。先生たちの研修会があるそうで、採点が普段より遅れてすまないね、と担任から説明があった。全然すまなくない。これでテストの結果にかかわらず、マチとライブへ行ける。

良い結果が出れば、なお嬉しい。あとからママに嫌味を言われずに済む。わたしも自信がつく。私立中学に合格して得たほのかな自信は、試験科目に英語が加わった中間テストで沈んだ。期末で結果を出せば、わたしの自信は再び頭をもたげる。

5

ライブ当日、地下鉄で東京ドームへ向かった。なにを着ていくか散々悩んで、羽猫くんのイメージカラーである水色と白のストライプ柄のシャツにした。背中のリュックには、チイちゃんから預かったクッキーの缶とぬいぐるみのカタンが入っている。

期末テストの結果はまだ出ていないけど、良い点数が取れていると思うからライブへ行きたい、とママに強く言ってなんとか許可をもらった。それでも、ママは、本当に大丈夫？と今朝も心配そうな顔をしていた。わたしは中学生だ、もう子供じゃないのに。

電車が駅に到着する度に、車内のお客さんが少しずつ入れ替わり、目的地に近づくにつれて、若い女の子の割合が増えていった。すたぱれのキーホルダーをぶらさげている子や公式パーカーを着ている子もいる。

すたぱれのファンと一緒に後楽園《こうらくえん》駅で下車した。

駅を出ると、白いドームがいきなり現れた。大きいね、あそこですたぱれがライブできるなんて泣ける、という声が周りのファンから聞こえる。

ふんわりとした白いドームは、布団をなにかにかぶせたみたいな形をしている。あの中に入った自分を想像すると、胸が締めつけられたみたいに、息が苦しくなる。目を瞑り、痛みを振り払うように首を強く振る。

浅い息をしながら、ドームが視界に入らないように下を向いて歩く。

歩道橋を渡り近づくと、白いドームは見えなくなった。わたしは、ほっと息をつく。開場までまだ二時間もあるのに、ドームの周りにはすたぱれのファンがすでにたくさん集まっている。

ライブの看板を背景に自撮りをしている人たちの横を抜けて、ドームを一周する。ドームは想像よりもはるかに大きかった。スタジアム内に通じるゲートはたくさんあったが、どこもシャッターが閉まっていて中へ忍び込めそうにない。開場時間になったら開くゲートの入り口には警備員が立っている。ドームの内部に潜入するのは難しそうだ。チイちゃんの宝箱を羽猫くんに渡したいのに。ライブ後はすぐに帰らないとママに叱られるので、出待ちはできない。渡すなら、ライブ前しかない。

わたしはあちこち見てまわる。ドームの周りにはホットドッグ屋やクレープ屋が並び、ライブ前に買って食べている人も多い。ちょっとしたお祭りみたいだ。

ドームの下の方からわちゃわちゃとした声が聞こえてきた。上からのぞくと、大勢のファンが道路に集結していた。すたぱれメンバーの入り待ちかもしれない。

わたしは階段を降りる。そこは関係者専用駐車場の入り口になっていた。団扇《うちわ》を持ったファンが入り口の両端を埋めていて、車道へはみ出さないように警備員が注意している。

わたしはリュックを前方に担いで人ごみに飛び込む。すいません、すいません、と謝りながら、大人の間に小さな自分の身体を滑り込ませる。年上の女性の舌打ちが頭上に落ちる。

なんとか先頭の鉄柵まで来られた。リュックから宝箱とカタンを取り出し、箱の上にカタンを座らせる。ここで待っていれば、すたぱれメンバーが現れて、ファンと握手したりプレゼントを受け取ってくれたりするかもしれない。

「危ないから下がって！」

警備員の規制も虚しく、ファンが後ろから次々と押し寄せてきて、わたしは柵と群衆に挟まれる。チイちゃんの宝箱とカタンを両手で抱えて懸命に守る。

一台のマイクロバスが入り口に入ってきた。この車にすたぱれメンバーが乗っているようだ。一斉に歓声が上がり、後ろからの圧がさらに強まる。身体が潰れそうで、息ができない。バスが目の前を通るが、窓のカーテンがきっちり閉まっていて、メンバーの様子は確認できない。

バスはあっというまに通り過ぎていった。バスが見えなくなると、ため息をついたファンたちが散り散りになり、わたしはようやく息ができるようになった。

わたしは手元の箱を見る。潰されずに済んだが、羽猫くんにチイちゃんの宝箱を渡せなかった。素顔を隠しているすたぱれのメンバーが、ここでファンの前に現れるわけがない。少し考えればわかったことだ。自分の考えの甘さにがっくりする。マチとの待ち合わせの時間が迫っているので、リュックに宝箱とカタンを戻し、待ち合わせ場所へ向かう。

待ち合わせ場所に現れたマチを見て、驚いた。弾けるようないつもの笑顔の上に金髪が被さっていた。マチのベリーショートが太陽の光を浴びて金色に輝いている。

「マチ、その髪……」

「ああ、これ、染めた。だぁと君のイメージカラーは黄色だからね！」

「気合い入っているね」

「そりゃそうだよ、推しに初めて会えるんだもん」

「学校はどうするの？」

「夏休み前に登校するのは終業式だけだから、なんとかなる」

「親にはなにか言われなかった？」

「爆笑された。弟たちには超《スーパー》サイヤ人だって指さされた」

わたしが金髪にしたら、ママは怒り出すか、卒倒するだろう。

わたしたちは、ゲートを抜けてドームの席に着く。

当選したシートはスタンドの上の方だった。グラウンドに作られたステージを高いスタンドの席から見下ろす。ここから見えるステージは小さく、米粒とまではいかないけど、じゃがいも一個分ぐらいしかない。席がステージに近ければ、宝箱を羽猫くんに渡せるかもと妄想していたが、ここから投げ込んでもステージには届かず、観客に当たってしまうだろう。

見上げると、白いドームの屋根が頭上を覆っていた。閉じ込められている気がして、なんだか息苦しい。スタジアムに流れる曲のリズムを追い越して、心臓が速いビートを刻む。隣のマチに悟られないように、深く息を吸って吐く。

マチは、入場時にもらったチラシを読んだり、持ってきた双眼鏡でステージを眺めたりしている。

マチと反対側の隣席には、大人の女性が座った。ノースリーブの白い服から、細い二の腕を伸ばし、光沢のある黒いスカートから出た足を綺麗に組んでいる。空色のグッズを持っているので、羽猫くんのファンのようだ。すたーぱれっとのファンには中高生ばかりではなく、大人も多い。メンバーの平均年齢は二十三歳なのだから、当然といえば当然だ。

すたぱれはネットから誕生したグループだ。最初ひとりで歌う映像を「歌ってみた」シリーズとしてネットに流していたリーダーの「こうや」がまず人気者になった。そこに「踊ってみた」でブレイクした「ウェル」、ゲーマーだった「だぁと君」、絵師としてネットにイラストを投稿していた「羽猫くん」が加わって、アイドルグループ「すたーぱれっと」を結成した。結成当初、メンバーは学生だったこともあり、身バレしないようにアニメのキャラを使ってネットの動画に出演していた。メンバーのキャラはすべて、絵師だった羽猫くんが描いたものだ。

わたしがすたぱれに出会ったのは、夏季講習を受講していたときだ。五年生の夏休み、ママに言われて相模原の自宅から横浜《よこはま》にある塾に通った。帰りの電車で、隣に座った女子高生のイヤホンから、電車の騒音に負けない歌声が漏れてきた。繊細だけど強く美しい歌声が勉強に疲れたわたしを魅了した。それがすたぱれの曲だった。

連絡用に持たされていたママのお古のスマホで、すたぱれの音楽と動画を勉強中に流すようになった。

横から動画を覗き観たチイちゃんが、これこれ！　と羽の耳をした猫キャラを指さした。

それ以来、チイちゃんは、羽猫くんを見せてとわたしにせがむようになった。わたしはすたぱれの曲を聴くのは好きだったけど、彼らがゲームをしたり、喋ったりする動画を観るよりも、チイちゃんと「お話」をすることを好んだ。わたしは「推し」と言えるほど、他人を深く好きになることができないように思う。

流れていた曲が止み、スタジアム内の照明が落ちた。

大きな歓声がドーム中に轟《とどろ》く。はじまるね、と隣のマチに言ったけど、大音量にかき消されてしまった。ママに連れて行かれたクラシックしかコンサートの経験がなかったので、ライブの声援がこんなに大きいとは知らなかった。耳ではなく全身に音が伝わる。同じくライブ初体験のはずなのに、すでにこの場に馴染んでいるマチは大声を張り上げて、推しの色をしたペンライトを振っている。スタジアムにいる全員が立ち上がり、底にあるステージにキラキラした視線を注ぐ。

わたしは、リュックからカタンを取り出して、ステージが見える位置に構える。

ステージ中央にスポットライトが当たる。白いスクリーンが張ってある。そのスクリーンに、すたぱれメンバー全員のアニメキャラが映る。一際大きくなった歓声が渦《うず》となり、わたしを巻き込む。

すたぱれオリジナルの曲が流れ、メンバーの歌声が響く。

スクリーンの中で、羽猫くんのキャラが踊り、羽の形をした頭の耳がパタパタと揺れる。

「いくよー!」

リーダーであるこうやさんが声を掛けると、観客とメンバーが一斉に、オッケー! と返す。

ステージのスクリーンがばさっと落ちて、その背後からリアルなメンバーが現れた。

一層大きくなった歓声が、煌《きら》びやかなステージに向かって、スタンドから滝のように流れ落ち、わたしを呑み込む。音の洪水からなんとか顔を出し、羽猫くんの姿を探す。初めてみる彼の素顔。頭に耳はつけていないけど、羽猫くんだとすぐにわかる。ステージ脇の大型モニタに映る茶色い癖毛、アーモンド形の目。顔を隠した姿をスマホでずっと観ていたからか、初めて素顔を見るのに、そんな気がしない。

「ただいまー!」

とメンバーが叫ぶと、おかえりー、という掛け声がスタンドから返る。

マチが推しに向かって、黄色のペンライトを振り続ける。

「だぁと君!」

マチが絶叫する。

みんながそれぞれの色のペンライトを握りしめる中、少しでもステージに近づけるように、わたしはカタンを両手で前に突き出す。

MCの時間になっても、観客は席に座らずに立って彼らの話を聞いているので、わたしも合わせる。

リハーサルの裏話や、メンバーの好きな食べ物の話など、配信と変わらないたわいもない内容だけど、リアルなメンバーが話している姿が新鮮だ。いつもは二次元キャラのメンバーが素顔を晒した三次元の姿になったことで、すごく大きく感じる。自分や同級生よりもはるかに体格が良い四名の大人の男性がそこにいる。

MCが終わり、新しい曲が流れる。今度はバラード。数万の人がいるとはとても思えない静かな空間に、ゆったりとしたメロディが水のように染み渡る。

観客がゆっくりと左右に振る無数のペンライトが川面の蛍のようにスタジアムを舞う。緩やかな音の流れに自分が浮かび漂っている感じがする。

羽猫くんのパートに入る。羽猫くんの声がわたしに届く。素顔の羽猫くんから湧き出る滑らかな歌声を聴いていたら、おばあちゃんの家の近くを流れる小川を思い出した。今よりも小さかったわたしとチイちゃんは足を浸して、川の水の冷たさを知った。川に落ちたチイちゃんを長髪の青年が助けてくれた。

頭のてっぺんからつま先まで羽猫くんの声に浸る。わたしの身体が彼の声に共鳴する。彼の生み出す音調がわたしの不安定な心を揺らす。それは決して不快な感じではなく、声に合わせてゆらめく何者でもない不恰好な自分が愛しく思えてくる。わたしという不完全な枠を飛び出し、すたぱれを推す人たちと繋がる。隣にいるマチとも、妹のチイちゃんとも溶け合い、ひとつになる。

わたしを揺さぶる羽猫くんの存在が尊く思える。同級生が男子に抱く好きという感情とも違う。彼の存在を丸ごと肯定し、許容できる。これが推すということなのか。初めてマチやチイちゃんの気持ちがわかった気がする。

わたしはいつのまにか泣いていた。チイちゃんと一緒に何百回と聞いた羽猫くんの歌声が、今日初めて聞いたようにわたしのど真ん中へ届き、響き、全身を震わせる。痺れた身体は、それでしか表現できないというように目から涙を落とす。孤独な教室、できない英語、ママの叱責、パパの的外れな優しさ、そして、人生でもっとも辛かったこと。それらは涙に流されることはなく、まわりのものが流れてしまった分、余計に露わになる。

わたしは、わんわんと泣き出しそうなのを必死に堪《こら》える。友達の前で、それはさすがに恥ずかしいという自制が働く。

チイちゃんも、この光景を見たかったはずだ。羽猫くんに会いたかったチイちゃんの無念さを思う。わたしは手元のカタンをぎゅっと抱きしめる。

メンバーの重なった歌声がドームを包む。歌声の中心に羽猫くんが立っている。

輝くステージに向かって、わたしはカタンを両手で掲げる。ステージの光を浴びて、カタンの影が大きく浮かび上がり、人の形に見えた。

「みんな、今日は本当にありがとう」

リーダーのこうやさんが挨拶をする。アンコールが終わり、オリジナルグッズのTシャツを着たメンバーがステージに並ぶ。

観客席から拍手と感謝の声が飛ぶ。周りを見ると、ファンたちがやりきった顔をしている。

「こうしてみんなに会えて嬉しいし、みんなからもたくさんの力をもらいました。だから、ライブは大好きです。あ、みんなのことも大好きだよ、もちろん」

ファンの甲高い声が響く中、色男は良いこと言うねえ、とツッコミ担当のウェルさんがリーダーを茶化す。

「僕もみんなが好きだよ！」

と、だぁと君が言うと、隣のマチが、きゃー、と叫ぶ。

だけど、わたしは気になった。末っ子っぽい甘い台詞は、だぁと君ではなく、いつもなら羽猫くんが言いそうだ。

両手を振るだぁと君の隣で、羽猫くんが押し黙っている。遠くてよくわからないけど、緊張しているように見える。推しているなら彼の異変に気づくはずだと、隣に座る女性を見たが、羽猫くんの名前を大声で連呼するだけで、彼の緊張を感じていないようだ。

「最後になりますが、ここで発表があります」

リーダーのこうやさんが改まった顔をする。

追加公演の発表かな、それとも新曲？　みたいな声がファンから漏れるが、わたしは嫌な予感がした。手に持っていたカタンをギュッと摑む。

「羽猫くん」

こうやさんが、端に並ぶ羽猫くんに顔を向ける。

スポットライトに照らされた羽猫くんがマイクを構える。ほとんど表情が見えないぐらい遠いのに、わたしには彼の覚悟が手のひらに載っているように伝わってきた。

「今日は皆さんライブに来てくれてありがとうございます。本当に嬉しいです」

羽猫くんが話すと、わたしもー、という歓声が起こる。

「僕、羽猫は、今日のライブをもちまして、すたーぱれっとの活動をしばらくお休みさせていただきます」

一瞬、巨大なドームが息を呑んだみたいに静まり返る。彼の言葉が薄く引き伸ばされてスタンドを包むと、その膜を破るようにあちこちから悲鳴が上がった。自分の身を斬られたような切ない声。怒りを含んでいるような重たい声。どうして？　なんで？　たくさんのクエスチョンマークがスタンドからステージへ投げ込まれる。

わたしは声が出なかった。せっかく推す人の気持ちがわかったのに。チイちゃんの代わりにカタンに推しを見せることができたのに。もしも、このまま彼が引退してしまうようなら、わたしは妹の宝箱を永遠に渡すことができなくなる。

周りでは泣いている人もいる。呆然としている人もいる。

「たくさん考えた結果、出した結論です。メンバーのみんなとも長い時間話し合いました。すたぱれが盛り上がってきているのに、どうして今？　と思う人もいるだろうけど、僕は今しかないと思った。ネットの中でひとりぼっちだった僕をここまで連れてきてくれたリーダーや他のメンバー、そしてファンのみんなには本当に感謝しています。ショックを受けた人もいると思うけど、許してほしい」

しっかりとした口調で羽猫くんが話した。たまに混じるタメ口から、羽猫くんではない本当の彼が見えた気がする。動画の中で見せる甘えん坊キャラではなく、ひとりの人間として彼はここに立ち、自分の気持ちを伝えた。

「今後の活動については運営から公式サイトで発表させていただきます。みんな、今日は本当にありがとう！」

こうやさんがライブを締めると、手を振りながら、メンバーが舞台袖に去っていく。最後尾の羽猫くんが頭を深々と下げて、わたしの前から消えた。

6

自分は遠回りになるのに、マチが同じ地下鉄で一緒に帰ってくれた。

わたしとマチはしばらく言葉を発しなかった。わたしは身体に力が入らず、吊り革にだらりとぶら下がっている。傍でマチがそんなわたしを見守ってくれている。

車内にはライブを共にしたすたぱれファンが多くいる。休むってどれぐらいだろう？　病気？　羽猫くん抜きですたぱれの活動は続くらしいよ、グループ内の喧嘩じゃない？　こうやと羽猫の仲が悪いって噂は本当だったんだ。聞きたくない話が聞こえてくる。丸いドームの中にいたときは、たんぽぽの綿毛みたいにまとまっていたファンの心が、ライブが終わったらみんなバラバラに散ってしまった。

　座席でうつむいて泣いている子もいる。わたしは泣かなかった。バラードを聴いているときは身体の奥の方から溢れた涙が、羽猫くんの消失に遭ったことですっかり涸《か》れてしまい、自分が空っぽになった気がする。ライブで聞いた歌声がうつろな心の中でまだ反響している。その声が聞けなくなると思うと、冷たい水で濡れたみたいに悲しくなる。

「突然だったね」

　マチが口を開く。

「しばらくって言っていたから、すぐに戻ってくるよ」

　マチが希望をくれる。だけど、わたしはそう思えなかった。今日の話は紛れもない彼の本音であり、正直な気持ちだ。か弱きファンたちのために、しばらく休むと言ってくれたけど、彼はもうあそこには戻ってこないと思う。舞台袖に消えるときの深いお辞儀は、ファンとのお別れであるのと同時に、煌びやかなステージとの別離に思えた。

「マチ、ありがとう。ライブに行けて良かったよ」

　わたしは微笑む。力はないけど、マチへの感謝を込めることができたと思う。ライブに来られなければ、カタンに羽猫くんを見せることもできなかったし、推す人たちの気持ちもわからなかった。

「あたしもありがと。ナッツがいなかったら、ひとりでライブへ行けなかった」

マチが照れて、金色の髪を指で掻《か》く。

「でも、無理しないで」

短く言うと、マチがわたしの頭をぽんぽんと叩いた。

わたしは自分の頭をマチに寄せた。

マチがわたしの肩に手を回す。金髪のショートカットが金色のカーペットのように眼前に広がる。マチの手は、ここにいていいんだと言ってくれているように温かい。他に友達がいなくても、蛹の中にマチとふたりでいられればそれでいい。


エントランスのインターフォンから聞こえたママの声は重たかった。帰りが遅かったことに怒っているのだろう。ライブが終わってすぐに電車に乗ったから、これ以上早く帰るのは不可能だし、出かける前にライブが終わる時刻は伝えてある。それなのにわたしを叱るのは理不尽だ。

浮かない気持ちをエレベーターに乗せて、家へ帰る。

九時を回っているのに夕食が終わったあとみたいに、パパとママがダイニングテーブルに着いていた。

「夏子、座りなさい」

楽しかった？　ライブどうだった？　もなく、ママが重たい声でわたしに命じる。自分では気づいていないだろうけど、ママの重たい声には二種類ある。自分の声に威厳をもたせるためにわざと重々しい声を絞り出すときと、自分の怒りが飛び出さないように息をゆっくりと吐くときだ。今の状態は間違いなく後者だ。

なにをそんなに怒られるようなことをわたしはしたのか。ライブへ行ったことをまだ怒っているのか。

わたしはリュックを下ろして、中からカタンを取り出し、隣の椅子に置く。

パパも顔をしかめているけど、ママに付き合っているだけだから表情がぎこちない。大人になっても、そんなことをしなくちゃいけないのかと思うと、おかしくなる。笑い出す雰囲気じゃないのに、そう思えば思うほど余計に口元が緩む。

「なにがおかしいの？」

ママからきつい言葉が飛ぶ。わたしは下を向き、無言で首を振る。

ため息とともに、ママが封筒をテーブルに置いた。学校の名前が記載されている。封筒の口から白い紙がのぞいていた。

わたしは手に取り、白い紙を広げる。期末テストの結果が印刷されていた。成績が郵送されるのは知っていたけど、採点に時間がかかると担任が言っていたから、届くのは明日以降になると思っていた。

科目ごとの点数を目で追う。過去の成績が並んでいるので、中間テストの結果と比較できる。ほとんどの教科で中間のときより点数が良くなっている。学年平均ぐらいだ、ただ一科目を除いては。

「英語」

　ママが言う。

英語だけ下がっている。元々低かったのにさらに下降して地を這《は》うような点数だ。

「英語が悪い」

「他は良くなった」

　わたしは顔を上げて、ママの顔を見る。羽猫くんがいなくなり、妹の願いを遂げることができなくなった今日のわたしの感情は、「まあまあ」の返事ではごまかせない。ママの攻撃的な口調に反発する言葉が飛び出る。

「上がっているわね。でも、学年平均をうろうろしている。平均ということはわかっている？　まだ半分の人が夏子の前に並んでいるってことよ」

　ママはわたしの言葉に怯《ひる》むことなく身を乗り出し、テーブルの上の数字を尖った爪でコンコン叩く。きっとママは会社でも自分の部下をこうやって叱るのだろう。

「他の教科はまだいいわ。問題は英語。なんで、英語だけ悪いの？　ママ言ったよね、英語が将来を決めるって」

　ママの言葉がぐさぐさと身体を突き刺し、空っぽな心に迫る。

「頑張った」

　ママの鋭利《えいり》な言葉をはねのけるように、わたしは短く強く言う。本当に頑張った。必死で単語を覚えたし、リスニングの成績を上げるために何度も何度も英会話を聴いた。

「頑張った、じゃだめなの。大事なのは結果よ」

「頑張らないと結果も出ない」

ママが意外だという顔をする。わたしがここまで反抗するとは思っていなかったのだろう。今までこんなふうに親に口答えしたことはなかった。今までにないぐらい今日のわたしは苛立っている。

「頑張るのは当然のこと。みんな頑張っている。それでも、結果が出なければ、やり方を変えるしかない。明日からスマホの時間をゼロにする」

ママは怯んだら負けだと思っているのか、さらに鋭い言葉をわたしに投げつける。尖った言葉が空っぽの心を突き破る。スマホが使えなくなる。羽猫くんの新しい動画がアップされなくても、スマホがあれば過去の配信をチイちゃんに観せてあげられる。スマホがないと、チイちゃんを繋ぎ止められなくなる。

いつのまにか横に座っていたチイちゃんがカタンを抱き、不安そうな顔をしてわたしを見上げている。

「いやよ！」

心が破裂したみたいに、わたしは叫ぶ。

「英語の成績が上がるまでだよ」

パパがここぞとばかりに無意味な言葉をかけてくる。

「いい？　あなたの将来が懸かっているの。このまま平均以下だったら、平均以下の人生になっちゃう。大学でも会社でも座れる席には限りがある。前から順番に座っていくから、後ろに並んでいたら座れなくなる。一生、後ろで立っていることになる。今は本当に大事な時期なの」

「ママは受験のときも、今が本当に大事だと言っていた。いつが本当に大事なの？　ずっと大事な時期が続いたら、わたしはいつまで経っても自分の時間を持てない」

　わたしはママをきっと睨む。

「ママが心配しているのがわからないの？　あなたには幸せになって欲しいのよ」

　ママがチイちゃんを辛そうな目で見る。

　悲しみの涙は失せていたが、今度はもっと熱い怒りの涙が空っぽであるはずの身体から噴き出してきた。

「そんなに英語が大事？　英語ができなくても、わたしはクルワル語が喋れるし！」

　わたしは泣いていた。泣くつもりはなかったのに、抑えきれなかった。

「く、クルワル？」

　デロンギ王国の言語。この世界ではわたしとチイちゃんしか話せない秘密の言葉が、なんのことかわからず、パパが不思議そうな顔をする。

「チイちゃん。行こっ！」

　チイちゃんの手を握り、リビングを出る。パパとママの凍った顔が一瞬見えた。

わたしはチイちゃんと子供部屋に入り、ドアを閉めた。

わたしは部屋から出なかった。お腹空いていないかい、と問いかけるパパの優しさを無視した。ママがドアの前で一度怒鳴ったけど、パパが止めに入った。ドアの外からは、パパとママの話し声がずっと聞こえる。

なにを話しているかわからなかったけど、もうどうでもいいやと二段ベッドの下の段で寝転んでいるうちにチイちゃんと一緒に眠ってしまった。


カーテンを閉め忘れたので、高層の部屋に差し込む朝陽でわたしは目覚めた。

じっとりとした嫌な夢を見た気がするけど、濡れた土が陽の光で乾くように夢の記憶は次第に薄れていき、代わりに現実が戻ってきた。

わたしは下段ベッドの低い天井に頭をぶつけないように注意して上半身だけを起こす。

そこには羽猫くんのクッションがあった。イラストの羽猫くんは自分が活動を休止したのを知らないのか笑顔のままだ。

チイちゃんがいない。ベッドのどこにも妹のチイちゃんがいない。夜は一緒に寝たはずなのに。チイちゃんがいつも抱いている犬のぬいぐるみカタンもいない。猫のブルワイズはいるのに、チイちゃんとカタンが見当たらない。

ベッドから飛び出し、二段ベッドの上を覗き込む。上のベッドにはチイちゃんはおろか、タオルケットも布団もなく、マットが剝《む》き出しだ。まるで長い間誰も使っていなかったかのように。

　チイちゃん。

　わたしはドアを開けて、子供部屋を出る。

「チイちゃんはどこ？」

　ダイニングでパソコンに向かっていたママに尋ねる。

「チイちゃんはいないわ」

　ママは座ったまま、答えた。ママの唇がわずかに震えた気がした。キーボードを打つ手が止まった。

「嘘！　わたしはチイちゃんと一緒に寝た。どこにいるの？」

「チイちゃんは、おばあちゃんに預かってもらっている」

「そんなの嘘！　こんな朝早くに宮崎まで連れて行けるわけがないもの。チイちゃんはわたしとずっと一緒よ！」

　わたしが叫ぶと、ママが大きな息をはく。

　チイちゃん、チイちゃん、チイちゃん。

　わたしは家の中をあちこち捜し回る。キッチンにも浴室にもトイレにもいない。

　玄関のドアが開く音がした。チイちゃんが帰ってきたと思い、わたしは玄関へ急ぐ。

　戻ってきたのはパパだけだった。

「パパ！　どこへ行っていたの！」

まさかパパがチイちゃんを連れ去ったの？

「えっ？　一階へゴミを捨てに行っただけだよ」

わたしの強い口調にパパがたじろぐ。

「いないのよ、チイちゃんがいないのよ……」

わたしは目に涙を浮かべ声を絞り出す。パパの顔が固まる。

「ママ、なんで強引にしちゃったの？　焦らず慎重に進めようと昨日話し合ったじゃないか」

パパがママに近寄って言う。

「いいのよ。もうこのままではだめ。これ以上、ごまかしても良いことはないんだから、早くはっきりさせないと」

ママが視線を動かさず下を向いたまま、確信を込めた声で反論する。

チイちゃんをおばあちゃんのところへ預けたなんて嘘にきまっている。

他にチイちゃんがいる場所。そうだ、ママとパパの寝室だ。わたしが今まで近づかなかった部屋。

わたしは寝室へ向かう。

「夏子！　待ちなさい！」

背後でママが椅子を引く音がするが、わたしは無視して廊下を進み、ずっと避けてきた寝室のドアを開ける。

寝室には両親のための大きなベッドが広がっていた。ベッドの上に、チイちゃんがちょこんと座っている。チイちゃんはカタンを両手で抱っこしている。やっぱり、チイちゃんはいたんだ。ママは嘘をついていた。わたしはベッドに乗り、チイちゃんとカタンをきつく抱きしめる。

「夏子」

ドアのところにママとパパが並んで立っている。

「大丈夫かい？」

パパが心配そうな声を出す。

「わたしは……、わたしは大丈夫よ。おかしいのはママよ。チイちゃんをおばあちゃんに預けたなんて言ってわたしを騙して」

パパの顔を見ると、パパはわたしから目を逸らし、チェストの上にあるものに視線を移す。

パパにつられて、わたしはそちらに首を向ける。そこには、白っぽい木で組まれた真新しい仏壇があった。仏壇の中央には黒い位牌《いはい》がある。そして、位牌の背後には……。それが視界に入りそうになると、わたしは逃れるように目を瞑る。

「夏子、知っているのよ。子供部屋であなたがひとりで話しているのを。壁越しに声が漏れていたから。昨日は、わたしたちの前でも話し掛けた。今まで黙って見守ろうとしていたけど、それじゃだめ。現実から目を背けていたら、先へは進めないの。お願い、わかって」

ママが辛そうな声を出す。

「嘘！　嘘！　嘘！」

わたしは目を閉じたまま、耳を押さえて首を振る。

もうなにも見たくない、聞きたくない。わたしは蛹に閉じこもろうとする。

「このままでは、チイちゃんがかわいそうだよ。休ませてあげよう」

優しく震えたパパの声が、わたしに伝わる。

わたしはゆっくりと目を開けて、仏壇を見る。位牌の背後には、笑っているチイちゃんの遺影が飾られていた。チイちゃん。二年前の秋の朝、チイちゃんは亡くなった。秋なのに真冬みたいに寒い日にチイちゃんは逝《い》ってしまった。

わたしは忘れていない。全部覚えている。あの日の寒さと悲しさを。だけど、直視できなかった。今よりも幼かったわたしは、重く冷たい悲しみを心の底に沈めてしまった。

「チイちゃん……」

胸に抱いたチイちゃんをわたしは見る。わたしはチイちゃんを抱き、チイちゃんはカタンを抱いている。チイちゃんは丸い瞳で弱い姉を見上げている。

わたしはチイちゃんとのことを思い出す。宮崎の小川で落ち葉を流して競争したこと、すたぱれの動画を観てふたりで歌ったこと、ぬいぐるみを動かしてお話をつくったこと。それらすべてがわたしの中で星のように輝いている。

チイちゃんとふたりでしたお話を、チイちゃんが亡くなったあとも、わたしは続けた。チイちゃんとふたりでお話をしている姿が頭に浮かぶ。チイちゃんは犬のカタンを動かし、わたしは猫のブルワイズを動かして、お話をした。

「チイちゃん……」

記憶の中のチイちゃんがすっと消えて、代わりに、右手にブルワイズ、左手にカタンをわたしが持っている光景が現れる。

わたしはひとりでお話をしていた、ひとりで両手のぬいぐるみを動かして。

「チイちゃん……。ごめんね」

チイちゃんが少し笑うと、その姿は薄らぎ、やがて消えていった。

わたしの腕の中には犬のぬいぐるみカタンだけが残った。

7

チイちゃんは、わたしの唯一の友達だった。

チイちゃんが生まれたのは、わたしが小学校一年生のときだ。カプセルみたいな保育器の中にいたチイちゃんは、とても小さく赤かった。

歳の離れた妹ができたことで、わたしが赤ちゃん返りすることをママは心配したみたいだけど、そんなことはなく、小さな妹を見て、生まれて初めてなにかを守りたい気持ちになった。

チイちゃんを産んで三ヶ月で復職したママを助けて子育てをした。ミルクを温め、オムツを替えた。わたしが家族で一番多くチイちゃんのオムツを替えたと思う。

チイちゃんはわたしとは違い強情なところがあった。自分が欲しいものを絶対に譲らない意志を小さいときからしっかりと持っていて、要求が通らないと激しく泣いた。

性格は違っていたけど、チイちゃんが喋れるようになると、わたしたち姉妹は一緒に過ごすことが増えた。

小五のクラス替えで、それまで仲が良かった友達全員が別のクラスになってしまった。ただでさえ友達が少ないわたしは新しいクラスに知り合いがおらず、クラス替え直後は休み時間毎に友達がいる別のクラスへ遊びに出かけた。だけど、日が経つにつれて、他のクラスにしょっちゅう顔をみせるわたしに向けられる冷たい視線が気になりはじめ、以前の友達たちがわたしの知らない話をすることが増えていった。

他のクラスへ行くのをやめた頃には、自分のクラス内にいくつかのグループができあがっていて、わたしが入る余地はなくなっていた。

友達がいなくなったわたしは、授業が終わるとすぐに帰宅して、チイちゃんと遊ぶようになった。テレビゲームは禁止されていたので、わたしとチイちゃんはお人形遊びをよくした。最初はただ適当に話すだけで、おままごとみたいだったけど、やがて、わたしたちはふたつのぬいぐるみに名前をつけて、手で動かすようになった。ぬいぐるみたちは命を吹きこまれたように生き生きと喋りはじめた。カタンとブルワイズは空想の世界で毎日を過ごした。わたしたちはこの遊びを「お話」と名づけた。

五年生の夏休みに、おばあちゃんの家から戻ってくると、すたぱれの動画に出演していた羽猫くんをチイちゃんが好きになった。わたしはお話がしたかったけど、チイちゃんの気持ちを尊重して、新しい動画がアップされれば一緒に観て、新曲が出ると一緒に歌った。チイちゃんは、パパにおねだりして、キーホルダーなどの羽猫くんのグッズを買ってもらった。

あの日は、秋なのにとても寒い日だった。白い息を吐きながら、孤独な学校から走って帰ってくると、ママとチイちゃんが家にいた。その頃のママはまだテレワークをしてなかったから、普段の帰りはもっと遅く、チイちゃんも保育園にいる時間のはずだが、布団で寝ているチイちゃんの顔を見て理由がわかった。小さい頬が真っ赤に染まっていた。

お熱が出たって連絡があったから会社を早退した、とママが疲れた顔で言った。お医者さんの診断は風邪ということだった。薬を飲んだチイちゃんは眠っていた。

夕食の時間には熱が下がり、チイちゃんは元気になっていた。チイちゃんのご飯はひとりだけ軟らかいうどんだったので、みんなと同じご飯をもらえなかったことに最初はご立腹だったけど、チイちゃんは普段よりも大げさに笑ってはしゃいでいた。みんなに心配を掛けたことを気にしているのか、ちょっと無理しているようだった。

お風呂は入らず、いつもより早めにチイちゃんはベッドで横になった。その頃には、わたしとチイちゃんは、子供部屋の二段ベッドで寝ていた。上の段がわたしで、下がチイちゃんと決まっていた。今のマンションより狭い相模原の家の子供部屋は、ベッドを置くと他のスペースはほとんどなかった。

わたしがお風呂から上がって、部屋に戻ると、下のベッドでチイちゃんは眠っていた。穏やかな寝顔だったので、安心したわたしは梯子を登って、上のベッドに転がった。

　窓から外の景色がよく見えるので、わたしはこの場所が好きだった。大きな満月が浮かぶ夜だった。

　月の影響かどうかわからないけど、わたしは寝つけなかった。学校で嫌なことがあると、なかなか眠れないことはあったが、あの夜は苛々していなかったのに心がざわざわしていた。誰かがわたしの心を絶えず摩《さす》っている気がした。夜空に浮かぶ青い月のように目が冴《さ》えた。

「お話、しよ」

　ベッドにつけている背中から声が聞こえた。眠っているはずのチイちゃんの声だ。首を曲げて下のベッドをのぞくと、チイちゃんがちょこんと座っていた。まだほのかに赤い両頬が月光を浴びて光っていたが、いつもと同じく明るい笑顔をしていた。

「だめだよ。チイちゃんは今日お熱が出たんだから」

「へいき。お話、しよ」

　チイちゃんの目は満月みたいに爛々《らんらん》と輝いていた。いつもは、お話よりも羽猫くんの動画を観たがるのに、その日は違った。

「羽猫くんが観たいんじゃないの？」

「今日はお話がしたい」

「じゃあ、ちょっとだけだよ」

　チイちゃんとお話ができることにわたしは嬉しくなり、ブルワイズと一緒に、下のベッドへ移動した。

「寒いから、お布団に入って寝ながらお話をしようね」

上のベッドから自分の布団を引きずり落として、自分とチイちゃんの身体に掛けた。

布団の中で顔を近づけて、わたしたちはくすくす笑い合った。ブルワイズとカタンを胸のところで立たせた。向かい合ったカタンとブルワイズも嬉しそうだった。

わたしとチイちゃんはお話をはじめた。


寒い。

夜明け前らしく、空はまだ暗かった。布団から出ている顔はとても冷たく、黒い影が落ちていた。いつもよりも天井が近い。ベッドの木枠が迫ってくる気がした。ここは下のベッドだ。昨日、チイちゃんとお話をしていてそのまま寝てしまったのだ。布団からはみ出したブルワイズがこちらに背を向けて、部屋の壁を見つめていた。

チイちゃんの姿はなかった。先に起きたのかと、布団を出ようと足を曲げたら、なにか冷たいものが爪先に当たった。地面奥深くに眠る石のような冷気が全身に伝わった。思わず声が出た。

布団を剝《は》ぐと、冷たさを感じたところにチイちゃんがいた。チイちゃんは目を閉じて、カタンを抱いたまま体を小さく丸めていた。

「チイちゃん……」

声を掛けても返事はなかった。昨日はあんなに赤かったのに、今は色を失ってしまった頬に触れた。とても冷たい。チイちゃんは息をしていなかった。
わたしはベッドから転げ落ち、パパとママの寝室へ駆け込んだ。
声にならない声を発して子供部屋へふたりを引っ張った。チイちゃんを見るなり、パパとママはチイちゃんに駆け寄り、身体を起こして懸命に摩った。チイちゃんの首がぐわんぐわんと力なく前後に揺れた。ようやく上った冷たい日の出が、チイちゃんの真っ白な顔を照らした。だけど、チイちゃんは目覚めなかった。髪を掻き乱し、聞いたことのない甲高い悲鳴をママが上げた。パパが携帯電話で救急車を呼んだ。

それからのことは断片的にしか覚えていない。覚えている箇所は鮮明で、それ以外の記憶は曖昧だ。

救急車のサイレン、看護師の青い服、空気を送る機械のぽこんという音、手術室に繋がる長く冷ややかな廊下、パパとママの悲痛な嘆き。

チイちゃんは亡くなっていた。

病院に搬送されたときには心臓がすでに止まっていて、お医者様も神様もチイちゃんを助けることはできなかった。

病院で一通りの処置を終えると、チイちゃんとママをおいて、わたしとパパは葬儀の準備のために、一旦家へ戻った。子供部屋の床にはわたしの掛け布団とカタンが落ちていた。わたしは掛け布団を上のベッドに戻し、カタンを拾った。

どうしてチイちゃんが亡くなったのか、恐る恐る尋ねたら、チイちゃんはいい子だからお星様になったんだよ、とパパが答えたので、それ以上は訊けなくなった。

お通夜、お葬式、納骨。わたしは頭が痛いと言って、葬儀には参列せず、お寺の一室でずっとうずくまっていた。棺に眠るチイちゃんの姿も見なかった。

葬儀が終わって家に戻ると、わたしは子供部屋の二段ベッドで横になった。胸にはカタンがいた。部屋の外からはママとパパの嗚咽《おえつ》が絶えず聞こえてくる。わたしは強く目を瞑った。耳も塞いだ。なにも見たくなかったし、なにも聞きたくなかった。全身が震え、その震えは徐々に大きくなっていき、わたしの心が崩れ落ちそうになった。

「お話、しよ」

声が聞こえた。紛れもないチイちゃんの声だった。耳を塞いでいるのに、その声ははっきりと身体のうちに響いた。

目を開けると、カタンを抱いたチイちゃんが腕の中にいた。チイちゃんはあの夜の姿とまったく変わっていなかった。

色々なことが頭に浮かんだが、深く考えないようにして、ブルワイズを手に取り、わたしはお話をはじめた。

その日から、カタンを抱いているチイちゃんがわたしには見えた。カタンが置いてある場所を向くと、そこにはカタンを抱いたチイちゃんがいた。だから、わたしはチイちゃんと手を繋ぎ、一緒にお話をした。

パパとママがわたしの前でチイちゃんの死について触れることはなかった。パパはチイちゃんの代わりのようにカタンを扱い、普段はリビングのソファに座らせ、食事のときは幼児用チェアに乗せた。

チイちゃんが亡くなった後も、小学校では相変わらず友達がいなかった。勉強に身が入らず、なんのために学校へ行っているのかわからなかった。集団活動をなにより恐れた。遠足や運動会などのグループを作らなければいけない行事が一番嫌だった。

自習時間も嫌いだった。授業中なら、友達がいても話をせずに前を向いていないといけないから、クラス全員がわたしと同じ立場なのに、自習になるとグループごとに集まりおしゃべりをはじめる。秩序がない教室は恐怖ですらあった。

六年生になると、私立中学を受験しない？　とママが言い出した。わたしは即座に承諾した。中高一貫校だから高校受験をしなくて済む、六年間継続した授業が受けられる、とママは熱心に説いたが、そんなことはどうでもよかった。友達がいない地元の中学へ行かなくて済むなら、なんでもよかった。

放課後は、進学塾へ毎日通った。嫌なことを考えないように、とにかく勉強をした。中学受験に英語はないので、わたしは今通っている私立中学校に合格できた。

相模原から武蔵小杉のタワーマンションへの引っ越しが決まると、新しく一人用のベッドを買うとママに言われたが、二段ベッドのままでいいとわたしは強く主張した。

パパとママにはチイちゃんがここにいることは内緒にした。親の前では、チイちゃんに話しかけないようにして、子供部屋の中だけでお話をした。クルワル語はこの世にいないチイちゃんと話すための秘密の言葉だった。

だけど、ライブの日の夜、パパとママの前で、興奮したわたしはチイちゃんに話し掛けてしまった。それを見て、ママはカタンを隠して、チイちゃんをわたしから引き離すことを決めたのだ。

8

夏なのに生ぬるかった。

あの朝からチイちゃんは見えなくなり、話をすることもなくなった。亡くなった妹と会話しなくなったわたしを「正常」になったとママとパパは思っているようだ。

ママは優しくなり、怒ることはなくなったが、わたしの様子を絶えず観察するようになった。時折パパがわざとらしく声をかけてくるのもぬめっとしていて気持ち悪く、部屋中に漂う湿気は、どんなにエアコンをかけても消え去ることはなかった。

夏休みなのに、わたしはずっと家にいた。朝起きられず、朝食と昼食の区別がない食事をひとりで適当にとった。リビングのカウンターに座るカタンを見ても、チイちゃんは現れなかった。チイちゃんを連れ去ったママを怒る気持ちは失せていたが、許す気力もなかった。

ブルワイズはベッドに転がったままで、ブルワイズとカタンのお話の続きはどこからも降りてこなかった。

夏休みに入って、マチと連絡を取るのを躊躇《ちゅうちょ》するようになった。すたぱれを推しているとわたしは嘘をついてきた。それはマチと一緒にいたいからだ。だけど、羽猫くんが活動を休止し、羽猫くんを推していたチイちゃんもいなくなり、わたしとマチを繋ぐものは消えかけている。それなのに、変わらず仲良くするのは彼女に対して不誠実な気がした。

チイちゃんを思い出して悲しくなるので、すたぱれの動画も観たくなかった。勉強をする気も起きず、ただ虚しい日々をやり過ごした。誰もいない部屋にひとりでいると、世の中の人が毎日働き、勉強しているのが信じられなかった。

将来の夢どころか、今いる場所がどこかもわからなかった。わたしは中空の部屋の先に広がる、なにもない空間をぼんやりと眺める。

三十分の制限時間が余りまくっているスマホが振動した。

マチからだった。

『これから会えない？　羽猫くんが見つかった』

短いメッセージ。意味がわからなかった。羽猫くんは活動休止を宣言したが、行方不明になったわけではない。彼は立派な大人なのだから、迷子みたいに「見つかった」というのはおかしい。

マチに連絡することをやめていたのに、会える嬉しさが勝り、すぐに行くと返信して、わたしは久々に外へ出た。

待ち合わせ場所は川崎駅近くのドーナツ屋だった。

夏休みに入って初めて会ったマチは、過ぎた時間の分だけ髪が伸びて毛の根元に黒髪がのぞいていた。

わたしたちはそれぞれのドーナツをトレイに取り、席に着く。

「連絡をもらっていたのに、今まで返信しないでごめん」

まず、わたしは謝った。

「いいよ、羽猫くんのことがショックだったんだよね？　あたしこそ推しを失ったナッツの気持ちがわかっていなかったって、反省したよ」

久々に会った気まずさを吹き消すみたいに、えへへ、と笑うマチをかわいいと思う。明るくて元気なマチなら友達がたくさん作れるのに、わたしとだけ一緒にいるのは、すたぱれ推しというふたりの絆があるからだ。羽猫くんがすたぱれの活動を休止したことで、その絆は切れかけている。

「羽猫くんを見つけたんだ」

「見つけたって、羽猫くんは、すたぱれハウスに住んでいるんじゃないの？」

すたぱれメンバーは、一年前から同じ家に住んでいる。その家をファンは「すたぱれハウス」と呼ぶ。都内にあると噂される一戸建てに、それぞれの個室と動画を撮影するための部屋がある。配信によく使われるので、部屋の様子や間取りを熟知しているファンは多い。

マチがスマホの画面をこちらに向ける。マチの推しであるだぁと君の動画が映っている。

顔だけをアニメキャラで隠している三次元姿のだぁと君は、夜のバルコニーにいるようで、暗い中庭を背景にして立ち、自撮り用のカメラを持つ右腕を手前に突き出している。

『風の音がうるさいよね。部屋に入るからちょっと待ってね』

と言いながら、部屋の中が映るように伸ばした腕を水平に半回転させる。

「ここ」

マチが画面の一時停止ボタンをタップする。だぁと君がカメラを動かしている途中なので、画面がぶれている。

「これ見て」

「暗くてよくわからないよ」

「そう暗い」

「夜だから暗いのは当たり前じゃない？」

「映っているのは隣の羽猫くんの部屋だよ」

マチが二本の指で画面を拡大する。

目を凝らすと、たしかに隣室の様子が窺える。

「出かけているんじゃない？」

マチが画面をコマ送りする。だぁと君が持つカメラの角度が少しずつ変わり、隣の部屋の窓が映る。

「ほら、ここ。カーテンがない」

たしかに隣の部屋の窓にはカーテンがついておらず、室内には家具が一切ないようだ。配信でよく映りこんでいたブラウンのソファも見当たらない。

「引っ越したってこと？」

「多分」

マチが自分のドーナツをかじる。

「羽猫くんはもう戻ってこないんだね」

羽猫くんがすたぱれを脱退したことで、マチとの絆は完全に切れてしまった。これでわたしは蛹の中にひとりぼっちになる。

わたしはうなだれて、食べかけのドーナツを見下ろす。完全な円だったドーナツが欠けて不完全になっていた。

「かもね」意外にもマチが肯定する。「じゃあ、次はこっち」

マチがスマホを操作し、今度は写真アプリを起動する。

どれだっけかな、と言いながら指をすばやく動かす。

「あった」

スクショした画面に横断歩道を渡る男の人が映っていた。市街地のようで、周りはビルが建ち並んでいる。誰かがネットに投稿した写真だ。『ま、まさか？？？』とコメントが添えられている。

離れた場所から撮影したらしく、画像は不鮮明だが、チイちゃんと一緒に動画を観てきたわたしの目にはそれが羽猫くんの姿に映る。ライブで素顔も見たのだから、間違いない。

「盗撮だよ」

「盗撮だね」

これは犯罪だ。普通の生活がしたくて芸能活動を休止したのなら、彼の思いを踏みにじる行為でもある。

だけど、こうして撮影して、みんなに拡散したくなる気持ちもわかってしまう。悪いことだとわかっていても、推し仲間へ教えてあげたくなるのが熱烈なファンというものだ。

気持ちを落ち着けるために、ドーナツを半分まで食べて、ドリンクを飲む。

「この写真がどこで撮られたかわかる？」

わたしは首を振る。

「宮崎。宮崎って知ってる？　東北《とうほく》じゃないよ」

「知っている。東北にあるのは宮城《みやぎ》。おばあちゃんが住んでいるから宮崎には行ったことがある」

何度か行ったおばあちゃんの家は結構な山の中にあり、こんな横断歩道はなかった。ここはきっと駅近くの中心街だろう。

「宮崎に旅行しているんじゃないのかな」

「エコバッグをぶら下げている。買い物帰りだよ」

マチが画面を指差す。

「旅行先でも買い物するでしょ。お土産とか」

「フライパンの柄が突き出している」

円形に膨らんだエコバッグから、黒くて長いものが飛び出している。

「旅行先でフライパンを買わないでしょ、普通」

「どうして宮崎へ引っ越ししなきゃいけないの」

さあ、とマチが肩を竦める。羽猫くんが宮崎に住んでいる理由まではわからないようだ。

「ナッツは羽猫くんに会いたい？」

マチが尋ねる。

「う、うん」

羽猫くんを推しているのはチイちゃんだけど、今のわたしは彼に会ってみたい。ライブで身体のうちに響いた彼の歌声のおかげで、以前よりも羽猫くんを身近に感じる。

「宮崎へ行ってみない？」

マチがにやりと笑う。

「えっ？」

「宮崎って東京より田舎でしょ？　東京は広くて人が多いから偶然会える可能性は低いけど、宮崎だったら会えるかも」

宮崎へ。ひょっとしたら羽猫くんに会えるかもしれない。会えれば、チイちゃんの宝箱を渡せる。可能性は低いかもしれないけど、その可能性に賭けたい気もする。

「巡礼《じゅんれい》みたいじゃない？」

マチが言う。

「巡礼？」

「ほら、好きな映画のロケ地をまわることを聖地巡礼というじゃない？　いなくなった推しの許《もと》へ向かい、あちこち捜し回るのは、推しの巡礼といえるでしょ」

巡礼。その言葉はわたしの心に強く響いた。マチはわたしの推しである羽猫くんに会いに行くことを指して言っているけど、わたしはチイちゃんのことを考えている。亡くなってしまったチイちゃんの代わりに推しを求めて巡る。それはわたしにとっても必要なことのように思えた。チイちゃんを失ったわたしの心は巡礼の旅を求めている。

でも、ママに話せば反対されるし、親に無断で行くのはためらいがある。子供だけで遠いところへ行くのも不安だ。

「もしも、わたしが行くと言ったら、一緒に行ってくれるの？」

自分の心が定まっていないうちに、わたしはマチに確認する。

マチが、半分になった自分のドーナツをわたしの残りのドーナツに繋げる。食べかけのドーナツはひとつの円に戻った。

「あたしたち相棒でしょ」

笑顔でマチが言った。

どうしたら良いか迷いながら、家へ戻る。
羽猫くんに会って、チイちゃんの宝箱を渡したいが、突然会いに行くなんて非常識すぎる。それに、宮崎へ行ったからって彼がどこにいるかわからないのだから、会えるとは限らない。むしろ会えない確率の方が高い。

そもそもどうやって宮崎まで行くのか。もちろん親は一緒に行ってくれない。おばあちゃん家へ行ったことはあるけど、親についていっただけだ。

お金もない。お年玉の残りはライブで使い果たしてしまったから、宮崎までの交通費は残っていない。たとえお金があっても、中学生だけでそんな遠いところまで行けるものなのか。

親に内緒で、友達とふたりで遠くへ行くような大胆な行動を今までの人生でとったことがない。今までのわたしは、おとなしく目立たないように生きてきた。その代わり、友達も少なく、クラス編成を決める先生の気まぐれで、あっけなく孤独に陥《おちい》ってしまうのだが。

しばらくするとママが仕事から帰ってきた。いつもより早い帰宅だ。

ママはいかにも疲れたといった顔をして、リビングのソファに腰を落とす。

なにか話したそうにしていたが、無視して子供部屋へ移動する。

下のベッドで横になる。もうここにチイちゃんはいない。そのことが、わたしの心を冷やす。

ノックの音がした。

わたしの返事を待たずに、ママが部屋に入ってきた。

「なに？」

「ママとお医者さんへ行こう。今日は会社を早退したから付き添える」

スーツ姿のママが言う。こういう格好をしていると、いつもよりもママを遠くに感じる。

お医者さん？　わたしはどこかが悪くて、どこかの病院へ行かないといけないのか。内科か。夜中にパパとママが話し合っていたときに聞こえてきた言葉。自覚はないけど、わたしの内臓はいつのまにか病に蝕《むしば》まれているのか。

「どこの病院？」

「心療内科。心の病院よ」

あなたが悪くしているのは身体ではなく、心だと言いたげにママが自分の胸を叩く。

内科というのは心療内科だった。心療内科というものは知らないけど、心の病院だとママは言った。わたしの心は病んでいるの？

「いや」

わたしは即座に拒否する。妹を失い悲しんでいるわたしの心が病気なわけがない。

「メンタルケアは普通のことよ。アメリカでは通院している子供も大勢いる」

「外国のことなんてしらない」

わたしはタオルケットにくるまる。

そのタオルケットを無理やり剝がしてママがわたしの腕を摑む。魔女のような細い爪がわたしの腕に突き刺さる。

「痛い！　離して！」

「だめ！　行くの！　夏子のためよ！」

もはやママは冷静なふりをやめ、髪の毛を逆立てて、はっきりと怒った顔をしている。

「あなたのことをどれだけ心配しているのかわからないの？」

ママの声がわたしを締めつける。

「わたしはへいきだから、ほっておいて」

それだけの言葉がなんとか口から出た。

「夏休みになってから、ずっと家にいるでしょ。おかしいわよ」

「おかしくない」

今日は外出したことにママは気づいていない。

「ひとりで寂しくないの？」

「寂しくない」

わたしにはマチがいる。

わたしの答えを聞いて、ママの表情がこわばる。

「夏子、あなた……、今もまだ見えているの？」

ママが恐々と声を出す。

「なにが？」

「なにって……、その……、千佳《ちか》よ」

ママが妹の名前を口にした。娘ではなく、未知なものに話しかけているような震えた声がわたしに伝わり、背筋がぞっとする。

「見えていない」

言いながら、わたしはベッドから立ち上がり、ママの前に立つ。昔より背は伸びたけど、ママの高さにはまだ遠い。いつかこの人の背にわたしは追いつけるのだろうか。

「そう」

ママがほっと息をつく。わたしが妹に会えないことに安心している。チイちゃんに会えないことが正しいと思っている。亡くなった妹が見えなくなって、娘が「正常」になったことが嬉しいのか。いや、自分が正常な娘の母親であることが嬉しいのだ。

「ママがいるからよ」

「えっ？」

「ママがいるから、チイちゃんはいなくなった！　ママのせいよ！」

わたしは自分より背の高いママを押した。

よろめいたママの腕が机の上にあったクッキーの缶に当たった。四角い缶は机の天板を滑り、床に落ちる。がしゃんと大きな音がして、蓋が開き、中にあった色とりどりの折り紙やチイちゃんの宝物がフローリングの床にばら撒かれた。

チイちゃんが残した折り紙。お金がなくて投げ銭を贈れないので、チイちゃんは代わりに一生懸命色々なものを折った。いつか羽猫くんへあげるために、できたものをクッキーの缶に大事にしまっておいた。それなのに、花束から散った花びらのように赤やピンクの折り紙が床に散乱している。

　チイちゃんがビーズをつなげて作ったブレスレット、道で拾ったすべすべした石、きれいな形の貝殻、お気に入りのシールも折り紙に交じって床に転がっている。大好きな羽猫くんへあげるためにチイちゃんが集めた宝物なのに。

　妹が大事にしていた宝箱が床に落ちた音を聞いて、わたしの中のなにかが弾けた。

「出てって！」

　わたしはママを部屋から押し出した。ママはバランスを崩して壁に頭をぶつけて、廊下に尻餅をついた。

　倒れているママに構わず、わたしはドアを閉めた。

　あけなさい、とママが叫び激しくノックするが、わたしは必死でドアを押さえた。床にぽとりぽとりと涙が落ちた。

9

　部屋が暗くなるまで、わたしはドアに背中をつけて床に座っていた。ママはしばらく怒鳴っていたけど、パパが帰ってくると、ドアから離れた。

　夜になってもチイちゃんは現れない。わたしはこの部屋にひとりだ。そのことがとても寂しくて辛い。一緒にいたカタンをわたしから引き離すことで、ママはチイちゃんを消してしまい、今度はわたしを病人扱いして、無理やり病院へ連れていこうとした。チイちゃんが大切にしていた宝箱を床に落とした。わたしは生まれて初めてママに強い怒りを覚えた。

ライトをつけずに暗い部屋で、床に散らばった折り紙やチイちゃんの宝物を拾いはじめる。紙飛行機やお花、ハート、わたしが教えて一緒に折ったものも多い。まだ手先が不器用なチイちゃんが折ったものは線がずれていて不恰好だけど、そのずれがわたしには愛おしい。

集めた折り紙をしまおうとすると、宝箱の底に白い画用紙が敷いてあることに気づいた。

二つ折りになった画用紙を箱から取り出して、左右に広げる。画用紙には羽猫くんのアニメキャラとチイちゃんの笑顔が描かれていた。羽猫くんは鉛筆で描かれていて、チイちゃんの顔はクレヨンで描かれている。画用紙の左側に羽猫くんがいて、右側にチイちゃんがいる。チイちゃんの顔は、ダイニングに飾られている家族の絵と同じ顔だ。くし切りにしたオレンジみたいに口をあけて笑っている。羽猫くんは、鳥の羽が耳になった猫のイラスト。チイちゃんが推しの絵を描いたのか。とても上手だ、幼いチイちゃんが描いたものじゃないみたいに。

わたしは目を見開く。その絵が描かれている画用紙の端がたわんでいる。一度濡らして乾かしたようなそのたわみは、小さく波打っている。まるで、小さい子供の指の形のように。

これは、宮崎の小川でチイちゃんを助けてくれた人がくれた紙だ。チイちゃんは濡れた手で画用紙を受け取っていた。チイちゃんを小川に放置した後ろめたさを引きずっていたわたしは、あのあとチイちゃんに見せてもらわなかったから、紙になにが描かれていたのか知らなかった。チイちゃんはあの絵を宝箱に大事にしまっておいたのだ。

あのとき、彼は鉛筆で白い画用紙に羽猫くんの絵を描いた。でも、どうしてあの青年は羽猫くんの絵を渡そうと思ったのだろう。チイちゃんが羽猫くんを推す前の話だ。

わたしはあることに気づく。チイちゃんを助けてくれた青年の顔とライブで観た羽猫くんの素顔。記憶の中でふたりの顔が交差する。青年の長い髪を頭の中でチョキチョキ切る。ライブで観た羽猫くんに似た顔が現れた。羽猫くんより日焼けしていて少し若く見えるけど、小川で青年に会ったのは二年前だから、あれから年月が経って、今の羽猫くんの姿になっていても不思議ではない。

でも、そんなことが……。もう一度画用紙に残るイラストを見る。かなりうまい。羽猫くんの特徴をよく摑んでいる。アイドルになる前の羽猫くんは絵師をやっていて、すたぱれのキャラは全て羽猫くんが描いたものだ。

チイちゃんを助けた彼は、羽猫くんだったのか。彼が自分のキャラの絵を描いて、チイちゃんにあげた。

宮崎の小川でわたしは羽猫くんに会っていた。だから、ライブで素顔を見たときに初めて見た気がしなかったのだ。

目の前が真っ白になった。紙のような白さではなく、フラッシュを正面から浴びたような眩《まばゆ》い白さだった。自分を助けてくれた人が描いたキャラクターだったから、動画で観た羽猫くんをチイちゃんは推すようになったのだろう。

推しである羽猫くんに会いたいチイちゃんは自分の顔をクレヨンで同じ画用紙に描き、いつか会えるようにと折り紙や宝物と共に宝箱へしまっておいた。

宮崎で会った彼が羽猫くん。思ってもいなかった事実に頭を打たれて、顎に力が入らず、口がぽかんと開いたまま閉まらない。

小川で会ったのが羽猫くんなら、宮崎の横断歩道でファンに目撃されたのは本物の羽猫くんに違いない。以前から宮崎に縁があった羽猫くんは、休止宣言後に東京から宮崎へ移り住んだ。

彼は宮崎にいる。宮崎に行けば、羽猫くんに会える。羽猫くんにチイちゃんの宝箱を渡すことができる。

わたしはスマホを手に取り、マチにメッセージを送る。

『羽猫くんのもとへ一緒に行ってくれる？』

すぐにマチから、オッケーサインだけが送られてきた。


次の日、ママとパパが出社しているすきに部屋を出て、キッチンに残っていた食パンを焼かずにそのまま頬張った。お腹が落ち着くと、身なりを整え、自転車で出かけた。

武蔵小杉からマチの家までは結構な距離があったけど、電車賃がもったいない。宮崎へ行くなら、少しでも節約した方がいい。

自転車のペダルを漕いで、府中《ふちゅう》街道を南下する。首筋を汗が流れる。

少し道に迷ったけど、記憶を頼りにマチの家まで辿り着いた。

工場の脇に自転車を停めて、着いたよ、とマチにメッセージを送る。

「おっ、また会ったね」

路上でマチを待っていると男の人が声を掛けてきた。マチのお父さんが経営している工場の責任者だ。路上駐車してあるトラックの荷台に荷物を運んでいたようだ。

どうも、とわたしはぎこちなく頭を下げる。

工場長がニコニコした顔をこちらに向けている。

「もう夏休みでしょ？　休みの日でも家に来るなんて、弥生ちゃんと仲がいいんだね。ずっとお友達でいてあげてね」

友達でいるかどうかは自分で決める。他人に言われて友人関係を続けるわけがないのに、どうして大人はそんな無意味なことを言うのだろう。

「弥生さんにはわたし以外にも友達がたくさんいますから」

工場長の言葉を否定するように、わたしは強く言った。だけど、言いながら、わたしはマチの友達に含まれているのか不安になる。わたしはマチに隠し事をしたままだ。

それなら、いいんだけどね、と言いながら、工場長が帽子をとりチリチリ頭をかきながら、工場へ戻って行く。

「よっ」

マチが家から出てきた。

マチの家にあがらせてもらう。

二度目の訪問だと珍しくないのか、妹ちゃんと弟くんは姿を見せなかった。

「自転車で来たんだ。遠かったでしょ」

マチが自分の部屋でグラスに麦茶を注ぎながら、言った。

「なるべくお金を使わない方がいいかなと思って」

わたしとマチは所持金を教え合う。

「これじゃあ、宮崎行きの飛行機には乗れない」

「バスは？」

「夜行バスに中学生が乗るには親の許可が必要みたい」

スマホで調べてマチが答える。

「ヒッチハイクは？　テレビで観たことがある」

行き先を示すボードを掲げるポーズをとる。

「やめときな、あたしたち、女の子だしさ」

わたしの子供っぽい発想をマチが否定する。

どうしたら宮崎に行けるかふたりで悩んでいると、どこからかくすくすと笑い声が漏れてきた。

あいつらだな、と言って、マチが廊下へ通じる襖を開けるけど、誰もいなかった。

「あれ？」

拍子抜けした姉の声を聞いて我慢できなかったのか、別の方角から弟くんたちの爆笑が聞こえてきた。

「ここか」

マチが自分の部屋の押入れをあけると、畳んだ布団の上でふたりが笑い転げていた。

「ずっと隠れていたのかよ」

マチが呆れる。

「おねえちゃんたち、どっか行くの？」

押入れから身を乗り出して、弟くんが質問する。話を聞かれていた。

「母さんには黙っていてよ。ナッツねえちゃんが大事な人に会いに行くんだから」

マチがふたりに顔を近づけて言い聞かせる。

「大事な人って、彼氏？　彼氏？」

妹ちゃんがはしゃぐ。

「違うよ。行っても会えるかどうかわからないし」

「さっき宮崎までの飛行機がどうとか言っていたよね。宮崎ってどこにあるの？」

弟くんが尋ねる。

「九州《きゅうしゅう》」

「九州はディズニーランドよりも遠いの？」

妹ちゃんが質問する。

「九州はさあ、車で二日かかるぐらい遠いんだよ」

弟くんが訳知り顔で答える。

「九州の場所をよく知っているね」

「工場のおっちゃんがトラックで今度九州の福岡《ふくおか》へ行くと言ってた。お土産に明太子を買ってくるって父さんと話してたよ」

わたしとマチは顔を見合わせた。


夜に、マチから連絡があった。マチがお父さんにそれとなく確認してくれた。工場長は明日の夜、トラックで福岡まで部品を搬送《はんそう》する。工場長直々に運転しなくても、運送業者に依頼できるけど、工場長の実家が佐賀《さが》にあるらしく、荷物を福岡まで運ぶついでに実家へ顔を出すそうだ。

「チャンスだよ」

マチが立てた計画は、まずトラックの荷台に隠れて九州へ出発する。福岡に着いたら気づかれないようにトラックを降りて、ふたりで宮崎へ向かう。

「同じ島にあるんだから九州に上陸したら、宮崎はすぐ近くさ。あとは電車でもバスでもなんとかなる」

わたしはその計画に賛同する。小声でマチと旅の詳細を話し合った。

カタンとブルワイズは冒険の準備をはじめました。ブルワイズは剣と盾を磨き、カタンは水と食料を袋に詰めました。

準備ができると、カタンたちは国境の村へ移動しました。

「みんなのための冒険なのに誰も見送りに来てくれないなんてさみしいね」

「しかたがないよ。みんなは夢を失って元気がないんだから」

ブルワイズがカタンをなだめます。

すると、おじいさんがひとり近づいてきました。

「そなたたちが勇者か？」

おじいさんが言いました。

「そんなにいいものじゃないです」

カタンが手を振って否定します。

「自分を落としてはいけない。落ちたままになるぞ。自分を認めてあげなさい」

おじいさんがカタンに忠告をしました。

「他の人と違い、おじいさんは元気ですね」

「わしは夢を持っていなかったからなにも変わらなかった。夢を持たないのは気楽なものだが、夢を失った者は辛かろう。そなたたちはどこへ行くのだ？」

「みんなの夢を取り戻すために荒地の塔へ行きます」

「ほう、それは危険だが立派なことだ。これを持っていきなさい」

おじいさんが丸いリングをブルワイズに渡しました。

「なんですか？　これは」

「村の宝物だ。勇者が現れたら、渡すように昔から言い伝えられている。人の思いを載せることができる不思議なバングルだ。旅の途中で君たちを助けてくれるだろう」

「ありがとうございます」

ブルワイズはおじいさんのバングルを自分の手首にはめました。

「さあ、行こう」

「うん」

カタンとブルワイズは荒地の塔へ向かって出発しました。

10

翌朝、久々に早起きして、ママとパパと一緒に朝食をとる。警戒されないように、明るい態度で振る舞う。興味がないのに、リビングのカウンターに置いてある平たい箱はなにかママに尋ねると、ママは驚いた顔をして、海外旅行のお土産に同僚からもらったと説明し、様々な貝の形をしたチョコレートが並んだ中身を見せてくれた。

トーストを齧《かじ》るパパにママが目配せした。今朝の娘は気丈に見えるが、なにかあったのかと不思議がっている。

同じ食卓に着いているのに、ふたりともわたしが遠くにいるみたいな態度で接してくる。

「今日、マチの家に泊まるね」

わたしは両親にさりげなく伝える。了承を得るのではなく、これは報告だ。

「どうしたの？　突然。ご迷惑じゃないの？」

「大丈夫だって。マチの弟さんたちが一緒に遊びたいんだって」

わたしは作り話をしながら、作り笑いを浮かべる。当日に言えば、反対されないと思って、ギリギリまで黙っていた。たとえ、ママがだめだと言っても行くつもりだが。

両親が、娘におかしな点がないか目で確認しあっている。

「この前も夕食をご馳走になったわよね。今度はうちに連れてきてよ」

ママは心配そうな顔をしつつ、渋々承諾した。せっかく「まとも」になった娘の機嫌を損ねて、わたしがまたおかしなことを言い出すのを恐れているのだと思う。

「わかった」

同じように、うちに泊まるとマチは親に話しているはずだ。これはマチのアイディアだ。お互いにこう言っておけば、家に帰らなくても初日に親たちが騒ぎだすことはない。翌日にはわたしたちを乗せたトラックは福岡に到着する。福岡から電車やバスで宮崎まで行けば、今度はわたしに考えがある。

　出社する両親を玄関で見送ると、すぐに荷造りをはじめる。ありったけのお金と着替えを集める。ＧＰＳで追跡されないように、スマホは部屋に残しておく。

　冷蔵庫に入っていたミネラルウォーター入りのペットボトルを着替えの横に並べる。食べ物も欲しいけど、我が家にはお菓子や非常食の類はほとんどない。ママはスナック菓子をほとんど口にしないし、自分には災いが降り掛からないと信じているから、防災用品を常備していない。まさか自分の産んだ娘が災いになるとは思わなかっただろう。ママがもらった貝の形をしたチョコレートを箱から取り出しひとつずつラップに包む。チイちゃんの宝物が詰まったクッキーの缶とカタンを食卓に置く。

　マチとの約束の時間が近づくと、食卓に集めた荷物をすべて詰めて、重くなったリュックを背負う。

　ダイニングの出口まできて、振り向く。家族で朝食をとった食卓が、まったく知らない場所のように見えた。

　壁には、チイちゃんがクレヨンで描いた家族の絵が掛かっている。絵の中のわたしたちは笑って一緒にいるのに、今の家族はバラバラだ。白いクレヨンで描かれた見えない犬も、ギスギスした家に飼われて困惑しているに違いない。

　わたしはマンションを出た。振り返ると今出てきたタワーが聳《そび》えている。ここでは辛いことばかりがあった。チイちゃんがいなくなり、ママには病院へ連れていかれそうになった。

わたしはタワーに背を向けて、リュックを担ぎ直す。

電車内にはスーツ姿の人が多かった。平日に大きなリュックを背負っている自分は浮いている。家出少女に見えなくもない。ハイキングへ行くみたいな帽子を被るべきだったかも。

「でか」

わたしのリュックを見て、駅で待ち合わせたマチが笑った。マチの荷物はわたしの半分ぐらいだ。

「邪魔かな」

「なんとかいけるっしょ」

建物の陰に隠れて、少し離れた場所からマチのお父さんが経営する町工場をのぞく。突き当たりにトラックが停まっている。工場長のトラックだ。こちらに荷台を向けていて、緑色の幌が荷台の両側と天井を覆い、後方だけは口をあけている。周りに人影はない。工場はまだ稼働しているらしく、シャカシャカと世界に必要な部品を造る機械の音がする。

マチの合図で、わたしたちはトラックまで全力で走る。荷台によじ登ろうとするが、リュックが重い。

先にマチが荷台に飛び乗り、わたしのリュックを引き上げてくれる。

「ありがと」

荷台の中は案外狭かった。幌の天井は低く、背の低いわたしたちでも腰を伸ばすことはできない。身体を動かすとトラックがギシギシ揺れる。

荷台の一番奥に細長い段ボール箱がある。予《あらかじ》めマチが用意してくれたものだ。その中にふたりで入って、横になる。狭くて蒸し暑いけど、上部の蓋が開くので、熱中症にはならなそうだ。

「きついね。昔はよくこうやってかくれんぼしたんだけど」

「ごめん、リュックが邪魔だよね」

「足元が少しあいているから、あたしの荷物をずらすよ」

マチが段ボールの蓋につけておいた紐を引っ張ると、蓋が閉まり、雲が太陽を隠すように辺りが暗くなる。蓋の隙間から細い光だけが差し込む。

これで本当にばれずに九州まで行けるのだろうか。工場長が見知らぬ段ボールを不審に思い、中をのぞいたらそれでおしまいだ。

上体を起こして、段ボールの蓋を少しだけ開けて外を見ると、夕闇が深くなっていた。そろそろママとパパが帰ってくる頃だ。娘が厄介になっているお礼を言うために、マチの家へ連絡されたら、わたしたちの計画は失敗する。

足音が近づいてきた。気がつけば、工場の機械音は止んでいた。

わたしとマチは蓋を閉めて、段ボールの中に身を潜める。

どさっという音と振動が伝わってきた。荷台になにかが載せられた。人が乗ってくるのかと思い全身がこわばる。段ボールの蓋を開ける工場長の顔を想像する。

ガチャリとなにかを閉める音がする。

足音が荷台の横を回り、運転席のドアが開き、よっこらしょという工場長の声が前方から聞こえる。

一枚の壁を隔てた先に工場長がいると思うと、さらに緊張してきた。

エンジンが掛かる。想像よりもエンジンの音は大きく、振動は激しい。このままの姿勢で何時間もいられるのか不安になってくる。

トラックがバックをはじめ、段ボールの中で横になっているわたしたちの身体は転がりそうになるが、お互いを支え合い、必死で耐える。

荷台が大きく揺れて、トラックが今度は前進する。

マチがわたしの手を握ってきたので、わたしも握り返す。

小さいトラックが道を曲がる度に身体が揺すられ、目が回りそうになる。

しばらくすると、大きな道に出たらしく、トラックは直進を続ける。

わたしとマチは段ボールから顔を出し、トラックの後方を見る。

たくさんの明かりが灯る街並みが遠ざかっていく。わたしたちが住んでいた街だ。

もう後戻りはできない。だけど、後悔はない。

わたしは妹の巡礼に向かった。

第二章 ＊ 夜明け前の漫才師

荒地の塔に向かうカタンとブルワイズの前方に長く高い壁が現れました。壁の真ん中には閉じられた門があり、門前にはふたりの強そうな門番が立っています。

「あのふたり、僕らを睨んでいる、怖いから遠回りして行こうよ」

犬のカタンは怯えてブルワイズの服をつかみます。

「ここを避けて通れば、壁の外で飢えた獣に襲われる。嫌なことから逃げても、あとから必ず追いつかれる」

そう言うと、猫のブルワイズが門番に歩み寄ります。

「なんだ、おまえらは」

門番が怖い顔をして言いました。門番のひとりは背が高く、ひとりは背が低いです。

「門を開けてもらえませんか」

ブルワイズの背中に隠れて、カタンは消え入りそうな声で言いました。

「なに？」

背の低い門番がギロリとした目をカタンに向けました。

「ひっ！　なんでもありません、なんでもありません。ごめんなさい、ごめんなさい」

カタンは後退《あとずさ》りしながら、頭を何度も下げました。

「門を開けて私たちを通してください」

ブルワイズがしっかりした声で言いました。

「どうしてここを通りたいんだ？」

背の高い門番が言いました。

「魔女を倒しに荒地の塔へ行くためです」

ブルワイズが背筋を伸ばして告げると、門番たちが笑い出しました。

「おまえたちが魔女を？　塔に辿り着いても、塔の中にはたくさんの魔物が潜んでいる。おまえたちなどすぐに食われてしまうぞ」

重なったふたりの笑い声がどんどん大きくなり、辺りに響き渡ると、やっぱり帰ろうよ、とカタンはブルワイズの腕を引っ張ります。

「客人の真剣な言葉を笑い飛ばすのが、そなたたちの礼儀か？」

ブルワイズがよく通る声で言うと、門番たちは笑うのをやめて、真顔になりました。

「それは失礼したな、若者。おまえたちは本当に魔女の許へ行こうとしているのか。それは立派な仕事だ。だが、俺たちも門番としての役割がある。門番の仕事は門を守ることだ。仕事は常に正しく真剣にやらないといけない」

「いかにも」

ブルワイズが応えます。

「いかにも、でございます……」

カタンも続きます。

「おまえたちがこの門を通るのにふさわしいかどうか試験をする。よいか？」

ブルワイズがうなずきました。

「よろしい。では、問題を出す。ここに黒い石がある」背の低い門番が、真っ黒な石を取り出し、手のひらに載せました。「この石はふたつの月が満ちるときに突然歌い出す。なぜだかわかるか？」

門番が黒い石をカタンとブルワイズに見せました。夜を呑み込んだように黒いだけで、なんの変哲もない石に見えます。とても歌い出すようには思えません。

「こんなのわかるわけがないよ……。満月になったからって石が歌い出すはずがない。諦めて帰ろう。魔女を倒すのは僕たちじゃなくてもいいんだからさ。誰かがきっと倒してくれるよ」

カタンが震える声で言いましたが、ブルワイズは首を振ります。

「誰かとは誰だ？　カタン。誰かがやってくれるとみんなが思ってしまえば、誰もやらないことになる。誰かがやればいいなら、私たちがやればいい」

「うん……」

カタンは弱々しくうなずきます。

「どうした？　わからないのか？」

門番が厳しい口調で言います。

「答えます。その石がふたつの満月の夜に歌うのは、石が歌いたいからです」

「なに？　今なんと言った？」

門番が険しい表情をしました。

「ブルワイズ、なにを言っているかわからないよ。歌う理由を訊かれているのにその理由が歌いたいからなんておかしいよ」

カタンは残念そうに言いました。

「石が歌いたくなるのか？」

門番がブルワイズに尋ねます。

「石かどうかは関係ありません。門番さんはその石が歌い出すと言いました。歌うなら、石は私たちと同じく心を持っています。心を持つなら、私たちと同じように感じることができるはずです。色や姿形は関係ありません。私が歌うのは歌いたいときです。嬉しいとき、悲しいとき、辛いとき、私は歌います。自分の心に合わせて、歌を選び、感情を込めて声を上げます。黒い石も同じです。石だろうが動物だろうが、黒かろうが白かろうが、歌いたい心があるから歌うのです」

ブルワイズが一言ずつゆっくりと噛み締めながら話しました。

その間、ふたりの門番は表情を緩めず、じっと聞いていました。

「よろしい。門を開けろ！」

門番が壁の上にいるネズミに命じると、たくさんのネズミがロープを引っ張り、門を開けました。

門の先には街が広がっていました。

「ブルワイズの答えは正解だったの？」

カタンは小声で門番に尋ねます。

「正解はない。この世の多くのことに正解なんてないんだ。正解に近い答えがあるだけだ。今は正しいと思っても、十年後、いや百年後には間違いだとわかるかもしれない。いつまでも正解を探していたら、すぐに歳をとってしまう。俺たちができるのは、今の自分が思う正しさを見定めることだけだ」

カタンとブルワイズは門を通って街に入りました。

1

トラックの荷台は想像よりもずっと揺れた。信号で停止する度に、わたしたちの身体は丸太のように前後に揺れて、段ボールの壁に激しくぶつかった。周りが見えないので、いつ止まっていつ発進するかわからず、トラックの動きを予測して身構えることができない。ジェットコースターは怖いけど、上昇するのか落下するのか先が見えるから、気持ちの準備ができる。今は先が見えないことが怖い。わたしたちはなす術《すべ》なく、トラックに身を委ねるしかない。

でも、隣にはマチがいる。蛹のように狭い段ボールの中はマチの温かみで満ちている。突然揺れると、わざと大げさに転がってマチがわたしを喜ばせようとする。その優しさにわたしは救われる。

上り坂に差し掛かり、段ボールが後ろへずれた。思わず声が出そうになる。荷台と運転席を隔てる仕切りのすぐ先に工場長がいる。声を出したら気づかれてしまう。

車の風切り音が一層大きくなる。音に合わせて体に伝わる振動も激しくなったけど、車が左右に大きく揺れることはなくなった。箱の中にいて前が見えなくても速度が上がったことが体感でわかる。氷の上を滑るみたいにトラックは真っ直ぐ進んでいる。

「高速に乗ったね」

マチが囁《ささや》き、段ボールの蓋をゆっくりと開ける。

わたしたちは段ボールから顔を出して、後方を見る。

荷台の先では、恐ろしい速さで夜の道が流れていた。背後を走る車のヘッドライトが荷台の中まで眩しく照らす。強い光線によって、わたしたちの姿が晒される。その車が加速して、トラックを追い越していく。

パパのアウディで高速を走るのとは全然違う。銀色のアウディは鉄の塊を想像させ、乗っていると硬く分厚いものに守られている気がするけど、今乗っているトラックの荷台は無防備だ。天井と両側は幌に覆われているけど、荷台の後部は膝ぐらいの高さの囲いだけが、高速で流れる世界とわたしを隔てている。自分の存在が世界に晒されながら、夜の底を滑走している気がする。

前方を見ると、運転席と荷台の仕切りに小窓がある。ドライバーが後方を確認するための窓だ。そこに突然顔を出したら、バックミラーを見た工場長がびっくりして、ハンドル操作を誤るかもしれない。車線を外れたトラックは隣を走る別の車に激突し、衝撃でわたしたちは荷台から路上に放り出される。アスファルトに倒れたわたしたちに、信じられない速さで接近してくる車のライト。そういう不吉な想像をしてしまう自分が嫌だ。

「やば、トイレへ行きたい」

現実に生きるマチが現実的に困った声を出す。腕時計を見ると、荷台に隠れてから三時間が経過している。マチに言われると、自分もトイレへ行きたくなってきた。と言っても、トラックにトイレはないし、「そろそろ休憩をとりましょう」と運転席の工場長へお願いするわけにもいかない。

「わたしも」

「ここでしちゃう？」

「さすがにそれはちょっと」

「この振動がやばい」

もう我慢できないのか、マチの声が大きくなる。

段ボールにこもる熱と湿気がわたしを余計に焦らせる。

トラックが左に曲がり、わたしたちの身体は久々に大きく傾く。

速度が落ちる。背後に大きな駐車場が広がる。サービスエリアのようだ。走行音が控えめになったので、視線だけでマチと確かめ合う。

やがて、トラックは停車し、エンジン音がやんだ。

運転席のドアが開く音がして、工場長が降りると、車体が傾《かし》いだ。

工場長が荷台を確認するかもしれないので、段ボールに潜んでいたが、こちらへ近寄る気配はない。

マチと顔を見合わせ頷くと、段ボールから抜け出し、這いずるように荷台の端まで移動する。わたしたちは顔を突き出して、周りに誰もいないことを確かめてから、荷台を飛び降りた。

夏の夜風が汗でじめっとした皮膚を撫でてくれる。

照明が少ない駐車場の夜は暗く、空にはいくつかの星が瞬き、ここが都会から離れた場所であることを教えてくれる。

「行こう」

星空の下、わたしたちは手を繋ぎ、夜の駐車場を走った。


工場長が戻ってくる前にトラックへ戻ろうとトイレを慌てて出たのに、マチの姿はなかった。先に戻ったのかとトラックに向かって歩きはじめたら、背後からマチの声がした。手には、ビニール袋をぶら下げている。

中をのぞくと、白い紙に包まれたものから湯気が上がった。

「たこ焼き？」

「そう。大阪《おおさか》といったらたこ焼きでしょ」

「まだ、大阪じゃないよ。名古屋《なごや》にも着いていないし」

「ということは、まだ神奈川《かながわ》？」

「神奈川と愛知《あいち》の間には静岡《しずおか》が横たわっている。静岡は案外細長いよ」

マチが怪訝な顔をして、指を動かす。空中で日本地図をなぞっているようだ。マチは地理が苦手なのかも。そういえば、羽猫くんが宮崎にいると言ったとき、東北じゃないとわざわざ付け加えていた。

本場大阪から遠く離れた地で作られたたこ焼きを持って、トラックへ戻る。辺りに誰もいないことを確かめて、荷台へ乗り込む。

工場長はまだ戻っていないようだ。サービスエリアのレストランで夕食をとっているのかもしれない。戻ってきたときに、荷台を確認しないとは限らないので、段ボール箱の中でじっと待つ。

しばらくすると、工場長が戻ってきて、トラックが発進した。わたしを包むエンジン音と振動にも慣れてきた。音も振動もない無音の世界の方が落ち着かない気さえする。

「食べよっか」

音と匂いでばれるかもしれないので、段ボールに隠れたまま、ビニール袋から慎重にたこ焼きを取り出す。竹串に刺したたこ焼きをマチがこちらに向ける。ふたりとも横になっていて、おまけに荷台は揺れるので、竹串の先でたこ焼きがぶるぶる震える。

タイミングを見て、わたしは口を大きく開けてたこ焼きを頬張る。

「熱っ」

思わず大きな声が出てしまった。慌てて口に手を当てる。

マチが目を丸くする。

工場長に聞こえた？　トラックの走行音に紛れたと思いたい。

わたしとマチは息を潜める。

前方から声がした。工場長が誰かと話している。わたしたちの存在に気づいた工場長がマチの親に電話しているのでは……。

わたしは唾を呑む。額に嫌な汗が流れる。

工場長の声は途切れずにずっと続いていて、なんだかお経みたいに聞こえる。

「歌ってる」

マチが呟く。耳を澄ますと、曲名まではわからないけど、たしかに歌声のように聞こえる。

わたしの声はどうやら工場長までは届かなかったようだ。ほっと胸をなでおろす。

「食べよ」

わたしとマチは、段ボールの中で横たわったまま、たこ焼きを食べる。

「寝転がって食べるなんて初めて」

自宅でこんなことをしたら行儀が悪いとママに叱られる。今までだめと言われていたことをしていると、少しだけ大人に近づき、少しだけ親から離れた気がする。

「ナッツにたこ投げを見せたかったな。ここで立てたらできるんだけど」

マチが残念そうな声をだす。

「たこ投げ？　なにそれ？」

「放り投げたたこ焼きを口に入れて食べる。うちでは、それをたこ投げと呼んでいるんだ。父さんが得意でね、子供のときは、百発百中で成功する父さんがかっこよく見えた。中学生になってあたしも何度か練習したら、成功したんだけど、熱々のたこ焼きが喉を塞いで、息ができなくてそのまま死んじゃうかと思ったよ」

内緒話をするようにマチが小声で話す。

「うわ」

「父さんが喉に指を突っ込んでたこ焼きをとってくれたから、命拾いした。それから、たこパをするときは必ずその話になって、大爆笑さ」

「マチの家族は仲がいいんだね」

「そうでもないよ。弟たちはいつも悪ふざけをして、母さんに叱られてる」

　マチの家で夕食を共にしたときの賑やかな光景を思い出す。同じ家族でもうちとは随分違っていた。チイちゃんがいた頃は、うちの家族にもそれなりに笑顔があった。だけど、チイちゃんがいなくなってからは会話が途切れがちになり、両親の四つの目が絶えずわたしを見ている気がして、気詰まりに思うことが増えた。

　マチは家族ともうまくやっていて、自分の推しは健在で、深刻な悩みもなく、もっとたくさんの友達を作れるのに、わたしと一緒にいて、わたしのためにここまで来てくれた。

　それはわたしがすたぱれを推していると信じているからだ。羽猫くんを推しているのが本当は妹だと知ったら、マチはわたしから離れていく。わたしの隠し事がばれなくても、羽猫くんを捜す旅が終われば、ふたりを繋ぐものはなくなる。小学校のときと同じようにわたしはひとりぼっちになる。

2

　蟬の鳴き声がする。あまりにけたたましいので、たくさんの蟬が詰まった箱に放り込まれたのかと思った。

目が覚めた。近くにはマチの顔があった。二段ベッドの下段よりも段ボールの天井は低く、蓋の隙間から光が差していた。紐を引っ張って閉めていた段ボールの蓋が寝ている間にかなり開いてしまっている。

段ボール箱からゆっくりと顔を出す。荷台の先を緑の植栽が塞いでいた。どこかの駐車場だろうか。蝉しぐれに混じって車の走行音が聞こえるので、高速道路のサービスエリアだと思う。福岡へ行く途中で工場長が仮眠をとっているのだろう。

それにしても蝉の鳴き声が凄まじい。蝉が鳴くのは、地上にいられる短い間にメスの蝉を誘っているからだと理科で習った。自分が蝉だったら、こんなにうるさい男子に近寄りたくない。

でも、マチや他のファンはライブで自分の推しに向かって声を張り上げていた。蝉が鳴いているのと同じことじゃないか。そう考えると、騒がしい蝉が親しく感じられた。

マチがわたしの肩を叩く。彼女も起きたようだ。声を出さずに口の動きだけで、おはよう、と伝える。

樹が隠してくれているので、誰かに荷台をのぞかれる心配はない。わたしとマチは上半身を起こして、腕を伸ばす。段ボールのベッドは硬く、身体はカチコチだ。

明るい場所でマチの顔を見て吹き出しそうになった。唇の両端からたこ焼きのソースが垂れていて、腹話術の人形みたいになっている。マチもわたしの顔を指差して声を出さずに笑う。口を拭うとマヨネーズの混じったソースが指にべったりついた。

　運転席との仕切りに背中を預けて、残りの冷めたたこ焼きを食べる。たこ焼きがなくなると、リュックからペットボトルとお菓子を取り出す。貝の形をしたチョコをあげると、手のひらを立てて、マチが感謝を表す。

　顔を洗いたい。歯を磨きたい。贅沢を言えばお風呂へ入りたい。身体はべとべとしていて、汗臭い。一晩親元を離れただけで、今までの生活を続けることができなくなる現実を、汗まみれの身体が教えてくれる。

　マチが荷台の外を指差す。危なくない？　とわたしは眉と口で表すが、マチは何度も外を指す。

　車体が揺れないように段ボール箱からゆっくりと這い出て、荷台を慎重に降りる。

トラックを遠巻きに眺めると、工場長が座席に身体を沈めて、眠っていた。

「工場長が起きても、トイレへ行くだろうから、今は外にいても大丈夫だよ」

わたしたちはサービスエリアのトイレで顔を洗った。

道路地図で現在地を確認すると、今いる場所は静岡、愛知を過ぎて、三重《みえ》県のようだ。生まれて初めて訪れる県だ。

　随分遠くまで来たのだと思う。ママとパパはどうしているだろう。わたしの話を信じて、マチの家に泊まっているのだろうか。マチの両親は娘のことを心配していないのか。

ベンチに並んで座り、マチが買ってきてくれたサンドイッチを食べる。ここからトラックが見えるので、工場長が起きて動き出したらすぐにわかる。

「わたしの家に泊まると言って、マチの親は心配しなかった？」

わたしはマチに尋ねる。

「ちっとも」

「今日も帰らなかったら心配するでしょ」

「二、三日いなくても、親はあたしを捜さないと思うよ」

マチがいつもより低い声で答える。マチほどしっかりしていたら、少しぐらい家を空けても親は心配しないのか。うちは違う。ママはわたしのことをずっと心配していた。わたしを信用していないのだ（実際にわたしは嘘をついて家を出たのだから、ママの懸念は的を射ていたのだが）。

マチがベンチから立ち上がり、そろそろ工場長が起きるよ、と言って、トラックへ向かうので、わたしはあとを追った。

荷台に乗り、段ボール箱に入ってしばらくすると工場長が起きた。

トラックを一旦降りてトイレを済ませてから、工場長がエンジンを掛けた。

山間を縫うように高速道路をトラックが走る。トンネルに入ると、幌の中は暗転し、空気が喚くような轟音《ごうおん》が響く。ちょっと怖くなるけど、これだけうるさければ、工場長がわたしたちに気づくことはないだろう。

マチが段ボールから抜け出し、荷台に寝転がる。わたしもあとに続く。仰向けになると、幌の外を流れる空が見えた。白い雲と青い空。時折、動物が道路を横断するために架けられた細い陸橋《りつきよう》が空を区切る。鹿やウサギやリスが仲良く並んで橋を渡る姿を空想する。

わたしたちはすっかりリラックスしていた。工場長はわたしたちの存在に気づきそうもないし、高速走行にも慣れて緊張がほぐれた。でも、ちょっとした油断が思いもしない悲劇につながる。チイちゃんが亡くなった夜のことを思い出す。あの夜、意図していなかったのに、取り返しのつかないことが起きた。

いくつかのサービスエリアで休憩をとりながら、トラックは西へ西へ進んだ。

荷台で横になっているうちに、いつのまにか昼寝してしまったようで、トラックが減速して、左に大きく曲がると、身体に遠心力を感じて目が覚めた。トラックがくるくる回りながら、下っていく。サービスエリアに停まるのかと思ったけど、トラックは料金所で一時停止した。どうやら高速道路を降りたようだ。わたしたちは慌てて段ボールの巣に戻る。

もう福岡に着いたのかと思ったが、道路標識には大阪とある。どうして大阪に。マチの話では、工場長は今日中に福岡へ部品を納品しに行くはずで、途中でどこかに寄る予定はなかった。

トラックはファミリーレストランの駐車場に入った。時刻はもう夕方の領域に入っているけど、遅い昼食をとるようだ。

工場長が店に入ったのをたしかめてから、わたしたちは隣にあったコンビニでパンとおにぎりを買う。なにかを買う度にお財布が心許《こころもと》なくなる。当たり前のことだけど、食べ物を買うにはお金がいる。お腹がすいても、誰も食べ物をくれないし、食事を用意してくれない。家にいればパパかママが料理をしてくれて、お弁当をもたせてくれた。それが永遠に続く当然のことではないと思い知る。

　工場長はなかなか戻ってこなかった。刻一刻と夕暮れが近づいている。納品が遅れるから先を急ぎましょうよ、と自分の立場を弁《わきま》えずに忠告したくなる。

　待ちくたびれたわたしたちは段ボールから出て、荷台でごろごろする。

　近くで物音がした。工場長が戻ってきたのだ。思ったより動きが速い。運転席のドアを開けたので、そのまま乗るのかと思ったら、足音がトラックの荷台を回り込んできた。

　わたしとマチは段ボールの中に慌てて戻り、蓋を閉める。わたしたちの急な動きで車体が揺れたが、気にしていられなかった。

　足音がトラックの後方で止まる。なにやらカチャカチャと音がする。納品する部品を確認しているみたいだ。わたしは箱の中で息を潜め、見つからないでと強く念じる。

「ん？」

　工場長が詰まった声を出す。こちらからは見えないが、工場長がわたしたちの存在に気づいてしまったのかもしれない。

　バリバリと音がする。

「誰だよ、ゴミを投げ捨てたのは」

荷台に置き忘れたおにぎりのフィルムだ。

工場長が不機嫌そうに鼻を鳴らすと、大きな足音を立てて、運転席へ戻っていった。

トラックが急発進する。段ボール箱の中でわたしたちは後方に転がる。

これからどこへ行くのだろう。たっぷり休憩したから、再び高速に乗って、福岡へ向かうのか。わたしたちの前では使わなかった工場長の粗雑な口調が気になる。心なしか運転も荒く、トラックが曲がる度に肘や膝が箱にぶつかる。

トラックの速度が落ちる。段ボールから顔を出すと、夜は深まり、周りではネオンサインが輝いていた。どうやら大阪の繁華街に来たようだ。車道と歩道の区別がない狭い道をトラックがのろのろと進む。歩行者との距離が近く、荷台の中をのぞかれそうなので、段ボール箱に身を隠す。

一旦停車したトラックがバックをはじめる。ガタンと大きめの振動がして、トラックは完全に停車した。

工場長がトラックを降りて、ドアをバタンと閉める。いつもより強く、勇ましい音がした。

工場長の足音が去ってから、箱を出る。荷台の背後に見える汚れたビルの壁に「ホステス急募。詳細応相談」と書かれたチラシが貼ってある。

時折遠くから車のクラクションが響く。夜なのにたくさんの人が歩いているようで、様々な声が聞こえる。男の怒鳴り声や女性の笑い声。どの声も、いつもと違うイントネーションと聞きなれない語尾で、まるで異国の街に来たみたいだ。

どうやらここは繁華街にある時間貸しの駐車場のようだ。工場長はこの街でなにをしているのだろう。今日は大阪に泊まるつもりなのだろうか。勝手に乗りこんでおいてなんだけど、福岡へ到着するのが一日遅くなり、親たちが心配する時間が一日増える。

「うーん。疲れたね」

マチが荷台に座り、腕をぴんと伸ばす。

「工場長、戻ってこないかな」

「当分帰ってこないよ」

マチには確信があるようだ。

マチの隣に並んで座る。残っていたペットボトルの水を飲む。

「羽猫くん、見つかるかな」

ざらついたビルの壁を見ながら、わたしは言う。

「もしも見つからなくても、ナッツとこうやって旅ができて楽しいよ」

マチが笑う。わたしもマチといて楽しい。羽猫くんに会いたいし、親に心配をかけているのは気になるけど、それとは別にマチといられることが嬉しいし、一緒にここまできてくれたマチには感謝している。

「どうしてマチはわたしと一緒にいてくれるの？」

だからこそ、マチがどうしてわたしといるのか知りたい。マチは親ともうまくいっているし、他の人とも明るく接することができる。わたし以外にも多くの友達を作れたはずなのに、マチはわたしを選んで、同じ蛹の中にいてくれている。

マチが無言でわたしを向く。

「わたしと友達になってくれたことがずっと不思議だった」

マチのことを友達だと思っているけど、面と向かって「友達」と言うのはなんだか恥ずかしい。それでも、あえて「友達」と言った、言いたかった。

マチが首を伸ばして、なにかがついているみたいにわたしの顔をまじまじと見る。

「そんなことが気になるの？」

マチが不思議そうな顔をする。

「小学校のとき、友達がいなかったんだ」わたしはうつむき、親にも話していないことを告白する。「四年生まではいたんだけど、クラス替えで誰もいなくなっちゃった」

幌になにかが当たり、荷台にぽとりぽとりと音が降ってきた。

「雨だ」

マチが幌を見上げる。緑色の幌に雨粒の影がばらばらと落ちては消える。水滴がまるで銃弾みたいだ。街の喧騒を押し退けて、無数の雨音がトラックを包む。

「いじめられていたの？」

率直なマチの言葉に、わたしはすぐに首を振る。

「誰もわたしに話しかけなかったし、わたしも話しかけなかっただけ」

「それはいじめだよ」

「いじめじゃないよ。話すのが苦手な自分がいけなかったの」

わたしは必死で否定する。自分はいじめられていない。自習の時間、他の生徒がはしゃぐ教室で、ひとり机に着き、なにも見えないように教科書を立てて、ずっとその言葉を頭の中で繰り返していた。いじめじゃない、いじめじゃない、いじめじゃない。自分が悪いだけで、わたしはいじめられていないと自分に言い聞かせた。

「孤独で寂しい人をほっておいたら、それはもういじめだよ。相手に手を出すのもいじめだけど、手を差し伸べないのもいじめなんだよ。そういう人がひとりでもいたらだめなんだ。あたしが近くにいれば、ナッツを絶対にひとりにしない。必ず話しかける」

幌を叩く雨音を弾き飛ばすような力強い口調でマチが言う。

「強いね、マチは」

マチは強い。孤独な子に話しかけるのは勇気がいる。友達がいる自分は恵まれていると思いたくて、誰にも話しかけられない寂しい子も教室には必要だと考える人間がいるから。

孤独な子に話しかければ、偽りの調和が保たれている教室の空気を乱すことになる。みんなと少し違う行動をする、はみでた人間をつまみあげて、人は仲間はずれにする。そういうことを恐れずに、他人に話しかけることができるのは強い人だ。

「あたしは戦ったから」

「戦った？」

根元が黒くなってきたマチの金髪がネオンを受けて輝く。金色の髪は黒い大地の上でたわわに実った麦みたいに誇らしげに立っていた。

「あたしのクラスには、いじめがあった。ひとりをみんなで無視していた。その子はおとなしかったけど、悪い子じゃなかった。だけど、せっかく話しかけたのにその子が返事をしなかったと誰かが言い出した。人はね、自分が正しい側にいると思えたら遠慮なく他人を叩けるものなんだ。返事しないあいつが悪いと、夜の雪みたいにみんなの意見が教室に積もって、次の日の朝にはクラスメイト全員が彼女を無視することになっていた。

そんな見えないきまりを無視して、あたしは、その子に話しかけた。それでも、あたしは友達が多かったから、仲間はずれにされない自信があった。だけど、そんなことはなかった。みんなの足跡が雪を汚したみたいに、教室の空気がまた変わった。あたしが登校しても誰も話しかけてこないし、挨拶しても目を合わせない。最初に無視された子は、あたしの代わりにグループに入った」

マチが一息つくと、句読点のように雨音が差しこむ。

「それでも、あたしは戦った。無視されても、みんなに話しかけ続けた。何事もなかったように話に割り込んで無理やり喋りまくった。でも、変わらなかった。空気を読まずに話すあたしが悪く、自分たちは正しいと思える人が陰で悪口を言い、裏で意地悪をした。上履きに糊《のり》をつけたり、体操着を隠したり。教室では気を張っているけど、家に帰ってひとりになるとどっと疲れて、部屋のベッドに倒れ込んだ。そんなあたしを救ってくれたのが、推し」

いつも元気で明るいマチがそんな目に遭っていたなんて。わたしは言葉を失った。

「あたしは戦ったけど、それは強いからじゃない、自分が弱くないと思いたかったから。ナッツにはあたしが元気な子に見えているかもしれないけど、あたしはそんなに強くない。小学校の同級生から離れるために私立を受験したわけだし。この前は、家族のために受験したとか、かっこつけて言ったけど、本当のことを黙っていたなんて余計にかっこ悪いよね」

マチが受験したのも、わたしと同じ理由だったんだ。自分も辛い過去を抱えていたのに、マチはわたしをいつも笑わせて、勇気づけてくれる。マチの笑顔や、わたしのためにしてくれたことを思い出すと、涙で喉が詰まった。嬉しいとも、悲しいとも違う、鼻の後ろをつねられた感じがした。

「……」

「ん？　なんか言った？」

「あぢがどう、はなぢでくれで」

鼻が詰まって、言葉が濁った。

わたしとマチは向き合って、笑う。笑い出すと、涙は飛び散り、ふたりの表情が弾けた。なにがどうおかしいのか説明できないけど、わたしたちは笑いが止まらず、荷台に転がる。トラックがゆさゆさと揺れた。

「なんだ？」

笑顔を凍らせる冷たい声が荷台に吹き込まれた。

仰向けのまま視線を上げると、荷台の外に工場長が立っていた。

「誰だ？」

透明な傘をさした工場長が訝しげに言う。お酒を呑んできたようで、工場長の顔は身体中の血液が集結したみたいに真っ赤だ。

わたしは口をぽかんと開けたまま、工場長と目が合う。見つかってしまった。ようやく大阪まで来たのに。羽猫くんの許へ行けないことより、マチとの旅が終わってしまうことを恐れた。

「や、弥生ちゃんか？」

傘の下で、工場長がびっくりした顔をする。

「荷台に隠れて、ここまで乗ってきたのか？　なにやってんだよ！」

まだ身体のどこかに残っていた血が、紅潮した工場長の顔に集まる。もはや赤みを通り越して、どす黒く見える。

「俺が社長に叱られるだろ！」

工場長が怒鳴る。いつもと全然違う荒々しい声。工場長が傘を放り投げ、囲いをバタンと下ろし、荷台に乗ろうとする。重たそうな腹を引きずり近づいてくる。泥のような酒の臭いが鼻をつき、硬そうな指がわたしの身体を触ろうとする。

「行くよ！」

マチが叫ぶ。

「うん！」

わたしはリュックの肩紐を摑み、もう片方の手でマチの手を取り、荷台に侵入してきた工場長の背中を飛び越え、外に出る。

雨に濡れながら、わたしたちは夜の街を駆けた。

3

濡れた街は光り輝いていた。水たまりに落ちた街の明かりが地面を照らす。ビルにぶら下がるネオンサインやディスプレイが、砕けた月のかけらのように眩しい。

わたしとマチはトラックの荷台を飛び出し、見知らぬ街を夢中で逃げた。酔っ払った通行人を避けながら、あちこち走った。ビルの隙間を抜けて、トラックから少しでも遠ざかる場所を目指した。

「危なかったね。間一髪セーフ」

路上で、マチが肩で息をして言う。雨はいつのまにかやんでいた。

駐車場を出たとき、工場長が車止めにつまずいて水たまりに転んだのが見えた。そのあとは工場長の姿を見ていない。

「わたしたち、なんだか逃亡者みたいだね」

「逃げてるんじゃないよ。宮崎に向かって進んでいるんだ」

「工場長さんにばれちゃった。マチのお父さんに告げ口されちゃうかな」

「大丈夫かも」

「そうなの？　お父さんが社長さんなんでしょ？」

「工場長、酒を呑んでた」

　わたしでも飲酒をしたら車を運転できないのは知っている。

「福岡へ運送する仕事中に大阪へ寄ったのがそもそもおかしいし」

「真面目そうなのに」

「仕事はこなすけど、実は遊び人なんだ」

　マチが大人びた口調で工場長を批評する。わたしには優しいおじさんとしか見えていなかったから、意外な評価だった。だけど、わたしたちを怒鳴る工場長の真っ赤な顔を思い出すと、マチが言っていることが正しく思える。マチにはわたしが知らない大人の世界が少し見えている。

「飲酒運転がばれたくないから、マチのお父さんに言わないってこと？」

「どうだろうね。五分五分かなあ。チクられても大阪は広いから、そう簡単には見つからないだろうし。なんとか九州まで辿り着ければ、宮崎にゴールできるよ」

　ゴール。羽猫くんがいる宮崎がゴールという意味でマチは言ったのだろうけど、宮崎が本当にゴールなのだろうか。宮崎の地で羽猫くんに会えれば、それがわたしの人生のゴールになるのか。

「ねえちゃんたち、こんな夜遅くにどしたん？」

前から歩いてきた若い男の人が話しかけてきた。海辺を歩くような半ズボンに派手な模様のシャツを着て、閉じた傘を槍みたいに握りしめている。

「もう十一時やで。なにしてん？」

バラエティで芸人が使う標準語とは異なる言葉とイントネーションで目の前の人が喋っている。だからなのか、すぐそばにいるのにテレビを観ているようで現実感がない。夜なのに明るすぎる街で、男の姿が浮いているように見える。

にやけた顔をした男がわたしたちに近づいてくる。

逃げようと、わたしはマチの服を引っ張る。

「いえ、別に」

その場から動かずにマチが無表情に返事する。

「ねえちゃんたち、中学生やろ？　こんなところにいたら、わっるい奴に連れてかれてまうで。行くとこないんなら、うちきぃ、うちきぃ」

男が笑い顔でわたしたちを誘う。

「行くとこありますから」

自分の頭の上にある男の目をマチが睨む。わたしに向ける眼差しとは異なり、視線は鋭く、顔つきはかたい。ぴんと張った顎の線が彼女の強さと脆さを表しているようだ。

「失礼します」

マチがわたしの手を引き、ゆっくりと歩きはじめる。マチの手はいつもより力が入っていて、強張っている。

これはマチの戦いなんだ。わたしだったら、怖くて怖くて、男を無視して、この場からすぐに逃げ出したと思う。だけど、マチは逃げたくない。教室でひとりぼっちの子に話しかけたときと同じように、マチは自分の信念に従い、意志を貫いた。

「ちょっと、まちいや。わしんとこは、いかがわしいとこちゃう。こんなとこほっつき歩いとったら、おまわりさんに補導されてまうで」

男から笑みが消え去り、吊り目の鋭利な顔をわたしたちへ向ける。こんなに急速に人の表情が変わることに驚く。この人の本当の顔はどこにあるのだろう。

男がわたしの腕をがっしりと掴む。汗でねっとりした男の指がわたしの皮膚にめり込む。男の指から異質なものが入ってきそうで気持ちが悪い。

わたしは思わず短い悲鳴を上げる。

「離してください」

マチが男の腕を引っ張るが、びくともしない。男の腕には太くて青い血管が何本も走っている。わたしも男の手を振りはらおうとするが、コンクリートに固められてしまったみたいに自分の腕が微動だにしない。男の人の力はこんなにも強いものなのか。

助けを呼びたかったけど、親はここにいないし、家出の身分では警察も呼べない。枠からはみ出たわたしたちはなんて弱い存在なのだろう。

「まてまて、どうしたん?」

背後から声が聞こえてきた。

「ちっちゃい宇宙人を捕まえたんか？」

宇宙人？　宇宙人ってわたしのこと？

「どこが宇宙人やねん。人間やろ」

別の男の少し甲高い声。

腕を掴まれたまま、振り向くと、知らない男がふたり立っていた。背が高くて細い男と低くて太った男だ。揃いのスーツを着て、ネクタイを締めている。三十代だろうか。吊り目の男より年上に見える。

「こんなちっこい人間がおるか」

太った男が言う。

「おるやろ。しらす師匠なんてこんなんやぞ」

背の高い方が、自分の膝ぐらいの高さに、広げた手のひらを置く。失礼な。わたしはちょっとムッとする。学年平均には届かないけど、わたしの身長はそこまで低くない。

「あんさんたち、誰や？」

無視されているのが面白くないのか、わたしの腕を掴んでいる男が二人組の会話に割って入る。

「あんちゃん、わしらのこと知らんの？　自分らが思っとるより、売れてないのう」

小さい男が額を指で押さえ、芝居がかった仕草で首を横に振る。

郵便はがき

おそれいりますが
切手を
お貼りください

102-8519

東京都千代田区麹町4−2−6
株式会社ポプラ社
一般書事業局　行

お名前	フリガナ	
ご住所	〒　　-	
E-mail	@	
電話番号		
ご記入日	西暦　　年　　月　　日	

上記の住所・メールアドレスにポプラ社からの案内の送付は必要ありません。 □

※ご記入いただいた個人情報は、刊行物、イベントなどのご案内のほか、お客さまサービスの向上やマーケティングのために個人を特定しない統計情報の形で利用させていただきます。

※ポプラ社の個人情報の取扱いについては、ポプラ社ホームページ（www.poplar.co.jp）内プライバシーポリシーをご確認ください。

ご購入作品名

■この本をどこでお知りになりましたか？

□書店（書店名　　　　　　　　　　　　　　　　　　　　　　　）

□新聞広告　　□ネット広告　　□その他（　　　　　　　　　　　　　）

■年齢　　　歳

■性別　　　男・女

■ご職業

□学生（大・高・中・小・その他）　□会社員　□公務員

□教員　□会社経営　□自営業　□主婦

□その他（　　　　　　　　　　）

ご意見、ご感想などありましたらぜひお聞かせください。

ご感想を広告等、書籍のPRに使わせていただいてもよろしいですか？

□実名で可　□匿名で可　□不可

ご協力ありがとうございました。

一般書共通

「いまも、舞台でわあわあきゃあきゃあいわしてきたばっかりやねんけどなあ」

大きい男が両手をひらひら動かす。

「なんや、あんさんら、漫才師か？」

「そうやで」

「なんて名前や？」

「ボナサンズや」

「ボナサンズ？　知らんなあ」

「ガンガンきている若手ですわ。絶対に売れるから、今のうち覚えといてや」

「ほう、そうなんか」

「ちっさい宇宙人を未来の売れっ子に渡してくれへんか」

大きい男がこちらに手を伸ばす。

「芸人相手じゃ、しゃあないな」

吊り目の男は、わたしの腕を放すと、どこかへ去って行った。

なにが起きたのかよくわからなかった。彼らが漫才師と名乗ったら、わたしたちに絡んでいた男はあっさりといなくなった。この街では芸人の地位はそんなに高いのか、デロンギ王国の騎士みたいに。

「俺らのこと知らんねんて」

「わしらもまだまだやな」

二人組が肩を竦めて、やれやれといった表情をする。

「ねえちゃんたち、危なかったな。この辺りはガラ悪い輩《やから》がぎょうさんおるから、はよ、おうちへお帰り」

小さい子にするように背の高い方が腰を曲げて、わたしたちに忠告した。

「じゃあな」

小さい男が手を上げて、その場から歩きはじめる。

「ご馳走してもらえますか？」

マチが小さい男の腕にしがみつき、下から顔をのぞく。素早く大胆なマチの行動にわたしは唖然とする。

「へ？」

小さい男が驚いた顔をする。

「金髪ねえちゃん、恩着せるわけやないが、俺らが助けたのに、なんで奢らなきゃあかんねん」

大きい男が呆れた声を出す。

「せやせや、鶴の恩返しをしらんのか」

「アンパンマンは助けた人に頭をちぎって食べさせてくれる」

マチが反論する。自分よりはるかに大きな男たちと渡り合うマチにびっくりし、彼女の背後でうろたえているだけの自分にがっくりする。

「おもろいこと言うやん、芸人みたいやな。こりゃ、にいちゃん、一本とられたわ。よしゃ、飯食わしたるわ」

大きい方がにやりとして言うと、小さい男が真顔になって止める仕草をするが、ええからええからと大きい方が応じない。

「よしゃ、さすが売れっ子のボナサンやな」

「ボナサンやない、ボナサンズ、さんや。それと、おかしな大阪弁はやめい。虫唾《むしず》が走るねん。今度ぬかしたら、カーネル・サンダースみたいに道頓堀《どうとんぼり》に放り込むからな」

「よかよか」

笑いながら、マチが男の肩を叩く。わたしは三人のうしろをついていく。


「好きなもん食いや」

店のテーブルに着くと、大きい方がこちらにメニューを広げる。

「好きなもんって言われてもねえ」隣に座るわたしにマチが苦笑いを向ける。「牛丼屋って。大阪の人は毎日お好み焼きを食べるんじゃないの？」

「もう夜中や。牛丼屋ぐらいしか開いてへん。お、店員さん、堪忍な、悪気があって言ったんやないで。こいつらが飢え死にしそうやったから、夜中に店開けてくれててほんま助かったわ。牛丼屋は都会のオアシスや」

文句を言われたわけじゃないのに、店員に向かって両手を合わせ、大げさに謝るポーズをとる。その言動に、つい笑ってしまう。漫才師の人って、いつでも人を笑わせているんだ。

ボナサンズ。聞いたことがないコンビ名だ。わたしが知らないだけで有名なのかも。ふたりの名前はなんだろう。スマホで調べようと思ったけど、家に置いてきたんだった。

「おふたりの芸名は？」

大きい男が牛丼を四つ注文すると、マチが訊いてくれた。検索しなくても、目の前に本人がいるのだから直接尋ねればいいという当たり前のことに自分は気がつかなかった。いや、気がついても、訊けなかった。

「俺は針渡《はりわたり》、こいつが血《ち》池《いけ》。血の池って書くんやで。顔に似て地獄みたいな名前やろ」

背の高い針渡が立てた親指で背の低い血池の頭を指す。

「誰が地獄のような顔やねん。おまえの針渡だって、針の山地獄みたいやん」

すぐに血池がツッコむ。テレビで漫才を観たことはあるが、目の前で見ると迫力が違う。

今度はわたしたちが名前を訊かれた。マチが本名ではなくあだ名を言ったので、わたしも倣った。

「マチちゃんとナッツちゃんか。東京から旅行か？」

「い、いえ、それは……」

「まあ、それはええわ。人それぞれいろんな事情があるわな」

四つの大小様々な牛丼を店員がテーブルに運んでくれた。

「夜中に牛丼特盛ってださいわー。チーズまでのっけて」

針渡のツッコミに、うるさいなあと言いながら、血池が特盛チーズ牛丼を頬張る。

おいしい。神奈川にもたくさんあるチェーン店の牛丼だけど、夕飯を食べていなかったので、舌が痺れる濃い味と暴力的なカロリーが脳にまで沁みる。今ならパパが作る濃い味の料理もおいしく食べられそうだ。一日しっかりと働いてお腹が空いていたから、パパはがっつり飯を作っていたのだと気づく。

マチもおいしそうに食べている。さっきは、突然ふたりにご馳走してと頼み出すから驚いた。牛丼を食べるぐらいのお金ならまだあるのに、どうしてマチは見知らぬ人にお願いしたのだろう。

「どこで漫才をしているの？」

マチが尋ねる。

「そこの劇場に立っとる。まあ週に三ステぐらいやな。テレビにはちいとしか出ていないから見たことないやろ」

「まあ、みてな。賞をとって売れて、嫌でも毎日テレビで顔を拝むようになるからな」

「おまえ、毎年同じこと言ってんな」

「夢はな、口に出して初めて現実になるねん。頭んなかでぐりぐりやってても絶対に実現せん」

血池が断言する。

この人たちにとっては、漫才師として売れることが夢なんだ。ゴールということなのだろうか。

「売れたあとはどうするんですか？」

わたしが質問をすると、ボナサンズのふたりが黙ってしまった。隣のマチも意外という顔をする。おとなしいと見られがちなわたしが少し踏み込んだことを言うと、周りの人がこういう反応をすることは今までもあった。

「ごめんなさい、忘れてください」

微妙な空気を散らすみたいに手のひらを左右に振って、わたしはすぐに謝る。

「ええで、ええで。鋭いこと聞くなあ。そう言われると、売れることばかり考えとったから、その先のことは考えたことなかったな。東京へ進出して、冠番組のＭＣやって、いい車買《こ》うて、でかい家建てて、いや、ちゃうな、ちょっと待ってな、考えるから」

針渡が感心したように言って、腕を組む。

「わしはあるで」

血池が言う。

「なんや？」

「究極の漫才師になることや。テレビでも全国のどの劇場でも、ドッカンドッカンといっつも爆笑をかっさらう漫才師や」

「どしたら、究極の漫才師になったってわかるんや？　どっかのお偉いはんが認定してくれるんか」

「究極の漫才師には、いつまでもなれんな。辿り着いたら究極じゃなくなるからな。死ぬまで最高のお笑いを追い求めるのが究極の漫才師や」

「かっけーな。けど、特盛チーズ牛丼を食べながら言うセリフやないで。それに、おまえ、笑いにストイックですみたいに言っとるけど、漫才のネタ書いてんの俺やからな」

「ネタ作ってる方が偉いみたいに言うな。あと、わしを見下してもいいが、特盛チーズ牛丼のことは悪く言うなや」

「なんで親友みたいに牛丼をかばうねん」

ふたりが楽しそうに話し続ける。放っておくと、いつまでも掛け合い漫才をしていそうだ。辿り着いたら究極じゃなくなると血池が言った。夢とは起きている間、いや生きている間はずっと追い求め続けるものなのかもしれない。

ボナサンズのふたりと違い、わたしには夢がない。夢を持たないように生きてきた。夢を追い求める未来がわたしにはないのだから。もしも、夢を信じることができれば、人生は違った色に見えるのかもしれない。

「今晩、泊めてもらえませんか？」

マチが驚くべき台詞を口にすると、ボナサンズのふたりは目配せして、針渡がここは俺に任せろという顔をする。このふたりは言葉を交わさなくても、視線だけで意思疎通ができるのだ。

「マチちゃん、そんなこと言ったらあかん。あんたら中学生やろ。どんな事情で家出してきたかはしらんが、中学生は親御さんのとこにいるもんや」

針渡が諭すように言う。

「家出じゃないです」

「じゃあ、なんや？」

マチが黙る。針渡の鋭いツッコミに屈したのではなく、わたしの思いを勝手に話したくないのだ。

「羽猫くんに会うために九州の宮崎へ向かっている途中です」

わたしは勇気を出して言う。

「ぱねこ？　誰やそれ」

異次元アイドルグループ「すたーぱれっと」とメンバーである羽猫くんの活動休止宣言について、わたしは説明する。

「ねえちゃん、そんなにちっこいのにストーカーかい。こわ」

血池が引く。そうか、漫才師として舞台に立っているから、彼らにも追っかけやファンがいる。そのファンにしつこくつきまとわれたことがあったのかもしれない。休んでいるアイドルの許へ押し掛けるという、わたしのストーカー宣言に恐怖を感じるのは当然だ。それがわかっていたからマチは大阪まで来た理由を話さなかったんだ。自分の愚かさにわたしは自分をひっぱたきたくなった。

「こんな時間に外にいたら、警察に補導されちゃいます。明日の朝まででいいのでお願いします」

自分の頬を叩いても体が傷つくだけで、先へは進めない。自らの愚かさを挽回するためにわたしは必死でお願いする。

「ねえちゃんたち、もう中学生だからわかると思うが、俺らがいつまでも優しいお兄ちゃんでいるとはかぎらんで。家に着いたらオオカミに化けるかもしれんぞ」

針渡がいやらしい顔をして舌を出す。

「おふたりは大丈夫」

マチが断言する。

「男なんて、わからへんで」

「中学生に手を出したら、芸能界から追放されて、究極の漫才師になれまへんよ」

「脅しかい。そもそも、俺らにあんさんらを泊めてやる義理はないで」

「せやせや。飯食わせてやっただけでもありがたいと思ってくれなきゃな」

血池が針渡に加勢する。

「ご馳走してくれたことには、心から感謝しています。ありがとうございます。でも、ここで置いていかれたら、わたしたちはどこにも行けません。お願いします。一晩だけでいいんです」

わたしは牛丼屋のテーブルに頭を擦りつけてお願いする。お願いすることしかできなかった。マチもボナサンズのふたりも、わたしの行動に呆れて引いているけど、それでもわたしができることはこれしかない。

「ねえちゃん、頭あげえや。わかったわ、一晩だけ泊めたるわ。その代わり、なにがあっても文句は言うなや」

　針渡が真顔で言った。


　ボナサンズの家へ向かう道すがら、今夜の宿が決まって安心したのか、隣のマチは鼻歌を口ずさんでいる。

　ふたりがいい人でよかった。マチがふたりに夕飯をねだったのは、泊めてもらっても大丈夫な人か見極めるためだったに違いない。

　わたしたちより少し先をボナサンズのふたりが歩いている。さっきまで誰かと電話をしていた針渡と血池がじゃんけんをはじめた。負けた針渡が悔しそうに地団駄を踏む。なにを決める勝負だったんだろう。

「ここや」

　血池が指差す。芸能人のご自宅訪問、とはちょっと言い難い、崩れそうなボロボロのアパートの一階が彼らの部屋だった。

　表面の一部がめくれている木製のドアを針渡が力一杯引っ張って開ける。

「でかけるときに鍵を閉めないんですか」

「盗られて困るもんなんかあらへんし、俺らがおらんときでも芸人仲間が勝手に来よるしな。

どうぞー」

ドアの両脇に立ったふたりが腕を伸ばして、低い声で部屋の中へ誘う。ふたりともちょっと悪い顔をしている。

中は真っ暗だ。

「ライトのスイッチはどこですか?」

わたしが尋ねても、ふたりは無言でニヤニヤしている。

ガサガサガサガサ。

部屋の中でなにかが動いた。暗闇の底になにかいる。

「ひっ」

わたしはマチにしがみつく。まさか、あの生き物たちが? わたしはあの生き物がこの世で一番怖い。

パチンと音がして、明かりがついた。

「ばぁー」

台所でうずくまっていた女の人が立ち上がり、こちらに両手を広げる。突飛な行動に、わたしとマチは驚いて腰を抜かしそうになる。

外でボナサンズのふたりがお腹を抱えて爆笑している。

「なんなんですか?」

わたしはむっとして言う。

「ねえちゃんたちがすぐに人を信じおるから、少し怖がらせようと思ってな」

笑いながら、針渡が説明する。

「さっきのじゃんけんはなんだったんですか？」

「一個残った三連プリンをどっちが食べるか決めてたんや」

冷蔵庫から取り出したプリンをスプーンですくいながら血池が答える。

「なにしてんねん」

マチが悪態をつく。

「驚かせてごめんねえ。でも、危ないから知らない男にのこのこついていったらあかんよ」

わたしたちを驚かせた女の人が言う。

「これ、針渡の彼女」

血池がプリンのスプーンで指す。

「これ、言うなや」

彼女さんがツッコむ。ウェーブがかかった髪の綺麗な人だ。針渡と同年代に見える。

「私、実家住まいなんやけど、今日はこいつが泊まってくれと頼むから来てやったわ」

わたしたちのために針渡が彼女さんを呼んでくれていたんだ。

わたしとマチのあだ名を針渡が紹介すると、ふたりも漫才師みたいやん、と彼女さんがくすくす笑う。

部屋は狭く、台所と直結した一部屋しかない。意外といっては失礼だけど、部屋の中は片付いていた。吸い殻が溢れた灰皿も、飲み掛けのペットボトルも、油が浮いたカップラーメンの容器もなかった。

「綺麗じゃん」

　マチが感心する。

「身の回りのことができん奴は芸もできんからな」

　針渡が自慢げに胸を張る。

「何ほざいとんねん、誰が掃除したと思うてんねん」

　彼女さんが暴露する。

「ばらすなって」

「かいがいしい彼女さんだ」

「最近の中学生は難しい言葉知ってんな。こいつにはずっと世話になっとるから、売れたら千倍にして返してやるつもりや」

　いつになることやら、と彼女さんが苦笑する。

「こんなボロっちいアパートで驚いたやろ？」

「いえいえ」

　そのとおりだけど、わたしは否定する。

「舞台に立っとるといっても、暮らしはこんなもんや。漫才やってるより、バイトをやってる時間のが全然長い。明日はふたりとも朝からバイトや」

「それも夢のため？」

「そうや。しんどいけど、順調すぎてもおもろないやろ。簡単にクリアできるゲームはクソゲーや」

「Ｍ－１は、何回戦までいったの？」

「マチちゃん、お笑いにくわしいな。三回戦までや。でも、今年はやるでえ、いいネタがあるんや」

血池が自信のある表情をする。

「俺がつくったネタやけどな」

針渡が割り込む。

「お笑いが好きなんですね」

深夜に熱弁を振るうふたりにわたしは感心して言う。

「好きやな。ナッツちゃんたちの歳の頃にテレビで観た漫才がおもろくてな。腹割れるほどゲラゲラ笑って、俺も将来漫才師になるって決めたんや。あの頃から、気持ちは少しも変わってへん。お笑いって、偉大やで。なにせ、笑いに、『お』がついてんやぞ。尊敬語や」

「丁寧語やろ」

「細かいことええねん」

「いいですね、子供のころから夢があって」

わたしは本音を言う。

「ナッツちゃんには、羽猫くんに会いに宮崎へ行く目的があるんやろ？　なかなかできることやあらへんで」

「キモくないですか？」

「まあなあ、最初はキモッと思ったよ。売れていない俺らでも出待ちのファンはいるし、たまに思い詰めた顔をして部屋までついてくるのもおる。恐怖を感じることもあったよ。だけど、ナッツちゃんみたいに真剣な気持ちをファンの子は持っているんだと気づかされたわ。それぞれの想いを背負って劇場に足を運んでくれているんやなって」

「突然ファンが来たら迷惑ですよね」

「行って伝えてみんと相手がどう思うかはわからへん。自分の中の熱い想いは大事にしたほうがええで」

　針渡が語った。

「偉そうに言うてるけど、この彼女は、針渡のファンだったんやからな。こいつ、ファンに手を出してんねん」

　血池が茶々を入れる。

「せやせや。漫才のツッコミより手が早かったわ」

　彼女さんが乗っかる。

「それはええやろ。遅いから、もう寝や。ふたりはこいつと、この部屋で寝ればいい」

「ボナサンズさんは？」

「台所で寝るからええよ」

「寝る前にちょっと買い物へ行ってくる」

彼女さんが言う。

「この夜中に、なんでや？　朝でもええやろ」

「仕事先から来たんで、なんも持ってきとらん。寝る前の女の子には必要なものが色々とあるんよ」

彼女さんが出て行こうとするので、わたしもついていくと言った。ボナサンズのふたりに少しずつ慣れてきたけど、マチほどうまく話せないし、男の人と部屋にいるのは緊張する。マチも誘ったが、面倒と言われた。

彼女さんがコンビニで洗顔料や歯ブラシ、パンを買った。パンは明朝にバイトへ行くボナサンズのためのものだ。

「ご迷惑を掛けてすいません」

帰り道、わたしは謝る。

「ええって、ええって。今ぐらいよ、無茶できんの。歳をとると、いろんなしがらみが増えて、ぴょんと飛び出せなくなるから。私も若かったから、あいつの追っかけをして、恋人にまでなった」

彼女さんが昔を懐かしむような顔をする。

「すごいですね」

わたしは彼女さんに言う。

「なにがあ？」

コンビニの袋をぶら下げた彼女さんが首を傾げる。

「彼女として、針渡さんを支えているんですよね」

「私、あのふたりの漫才が好きやねん。だから、いつかは売れると思っとる。だけどな、売れなくてもいいとも思っとるんよ」

彼女さんが夜空を見上げる。そこには都会の明かりに負けずにいくつかの星が輝いていた。

「売れなくてもいいんですか？」

「彼らが精一杯漫才をできれば、売れても、売れなくてもどっちでもいいと思っとる。目標を達成できればもちろん嬉しいけどな、夢に向かって走り続けている彼らが好きなんよ。彼らがいつまでも漫才ができるように私は応援したい。貧乏な芸人を助ける女なんて昭和みたいで古くさいって言う人がおるかもしれんけど、人の夢を応援することを自分の夢としてもええんやないかな」

夜空で瞬《またた》く星の下で、彼女さんが微笑んだ。自信と決意を含んでいるみたいな笑みだった。

部屋に戻ると、色褪せた古い畳の上に、マチたちが布団を敷いていてくれていた。修学旅行みたいで楽しい、とマチが喜ぶ。パパみたいな匂いがする布団と枕だったけど、嫌じゃなかった。

4

床が軋《きし》んだ音で目が覚めた。いつもと違う布団、段ボールよりは柔らかいけどベッドよりは硬い畳、寝つけないかもと思ったが布団に入ったらすぐに寝てしまった。長い間トラックに揺られたことで、自分が思っていたよりも疲れていたようだ。カーテンのない窓から月光が差し込んでいて、隣で眠るマチの寝顔を照らす。

大阪にいるんだ。羽猫くんがいる宮崎はまだ遠いけど、自分たちだけで、ここまでこられたことが誇らしい。

まだ外は暗いけど、もうすぐ夜が明ける。わたしは夜明けが嫌いだ。嫌いというより怖い。朝陽が当たると、どうしてもあの日のことを思い出してしまう。チイちゃんが息をしていなかったあの日の朝を。

「ほな、行くか」

襖を挟んだ台所から聞こえた。背の高い針渡の声だ。

低い方の血池が小声で了解した。立て付けが悪いドアを無理やり開ける音がして、コンクリートを叩くふたりの靴音が響いた。

どこへ出かけたのだろう。時計の針は四時をさしている。早朝アルバイトだろうか。

マチと彼女さんはまだ寝ている。自分は起きているのに人が静かに眠っている状況があの日を想起させて、怖くなり、ふたりを追いかけて、わたしはひとり外へ出る。

　都会と思えない静かな空気がわたしを包む。

　街の空を巡る無数の電線、アパートの外階段、街灯に照らされたアスファルト。どこにでもある街の風景を眺めているだけで、気持ちが落ち着いてきた。長い時間トラックの荷台から動けず、停車しているときも工場長がいつ戻ってくるか気が気でなく、ずっと緊張していた。

　今は自由だ。でもそれは本当の自由じゃない。夏休みが終われば学校に行かないといけない束の間の自由だ。だけど、親から遠く離れて、ひとりでいると、わたしは少しだけ自由になれた気がする。

　自由になることが、わたしの夢なのか。授業で、夢を持たないとわたしは書いた。だけど、究極の漫才師になる夢を追いかけるボナサンズのふたり、その夢を助ける彼女さんの話を聞いて、夢を持つのもいいなと思いはじめてきた。でも、わたしには夢を持つ資格がない。記憶の底に眠る小さなマンホールを思い出す。

　風に乗って、離れた場所から張り上げた声が届いた。なんやそれ、と聞こえた気がする。

　声がしたのは、細い道を挟んだ向かいの公園だ。

　道を渡り、公園へ入る。児童公園らしく、定番の滑り台とブランコ、シーソーがお互いの縄張りを守るように少し離れて配置されていた。

　普通の公園と違うのは、公園の奥にコンクリートでできた山が聳えていることだ。緑色の塗装がところどころ剝がれた山の斜面は子供らが滑って遊べるようになっている。山の向かいには小山があり、間の谷は砂場になっていた。

その砂場の縁に、街灯に照らされた大小ふたりのシルエットがあった。

ボナサンズのふたりだ。

小さな山によじのぼり、砂場をのぞくと、ふたりは大きな山に向かって、漫才をしていた。

「どうもー、ボナサンズです。よろしくお願いします」

「突然やけど、わし、サメが怖いねん」

「サメって食べるサメか？」

「食べるかあ！　とツッコみたいが、サメを食べる人もおるな。中途半端なボケやな」

「で、どういうとき怖いねん」

「寝ている間に、頭にがばーってサメが齧りついてこないかとか、スタバでフラペチーノを待ってるとき、後ろのサメががばーって齧りついてこないかとか」

「おまえの部屋にサメこんやろ。スタバにも並ばんし」

「えっ？　サメってちゃんと並ばんの？　マナー悪いやっちゃなー」

「そうやなくて、サメはフラペチーノを飲まんやろと言うとんねん」

「飲むかもしれんやろ。いっつも塩水ばーかり飲んどんやから、たまにはあっまーいフラペチーノを飲みとうなるわ。リュウグウノツカイみたいになっがーいカスタマイズをオーダーするかもしれんやろ」

ふたりが漫才を続ける。おかしくて笑いそうになったけど、練習の邪魔をしたくないので、なんとか耐えた。

「もう、ええわ」

針渡が血池の胸を叩くと、コンクリートの山に向かってふたり揃ってお辞儀した。ふたりの長い影が山肌に沿って伸びる。

彼らの背中に、わたしは拍手を送る。

「なんや、見てたんか、捕まった宇宙人」

針渡が振り向いて言う。

「捕まった宇宙人とちゃうで。火いつけるもんやろ」

血池がボケる。

「それはマッチ。わたしはナッツやで」

勇気を出してわたしは言う。

「ナッツちゃん、ツッコミできるようになったやん。将来漫才師になれるで」

「わたしに漫才は難しいです」

「やる気になれば誰でもできるで、売れるかどうかはさておき。ところで、俺らの漫才どうだった？」

針渡が尋ねる。

「面白かったです」

「感想短か！　そういや、ナッツちゃんは箸が転んでもおかしい年頃やったな。俺らの漫才はローリング箸と同等か？」

「ローリング箸ってなんやねん。英語で言うなら、ローリングチョップスティックやろ」

「ヒーローの必殺技みたいやな。くらえー、ローリングチョップスティック！」

ふたりの掛け合いがあんまりおかしくて、笑ってしまった。笑っている間も、ふたりがボケとツッコミを繰り返すので、笑いが笑いを呼んで止まらなくなってしまった。

「なんや、ナッツちゃん、めっちゃ明るく笑うんやな。あんまり笑わん真面目な子かと思ってたわ」

血池が意外そうな顔をする。

真面目と思われるのはいつものことだ。普段からそう見られることが多いし、マチと一緒にいると、わたしの真面目さが一層際立つ。

そういう自分のイメージを覆すぐらい、わたしはたくさん笑った。チイちゃんがいなくなってから、初めて心の底より笑えたと思う。

チイちゃん。ここまでずっと気を張っていたから思い出さなかったけど、感情のドアがひらいたように、チイちゃんの面影と思い出が溢れ出した。ぬいぐるみで一緒にお話をしたこと、羽猫くんの動画を観たこと、ふたり並んで小川に足をつけたこと。

気がつくとわたしは泣いていた。

「どうした、どうした。爆笑したと思ったら今度は号泣かい。感情の振り幅どないなっとんねん」

血池が戸惑った声を出す。

「すまんな。なんか気ぃ障ることを言ったんやろ。血池はデリカシーないからな」

針渡が言うと、わし？　という顔をして血池が自分を指差す。

「ごめんなさい、ごめんなさい。泣くのはちがうのはわかっているんです。でも、泣けてきちゃって。ボナサンズさんのせいじゃありません」

服の袖で溢れる涙をごしごし拭う。

「泣けるのは良いことやで。腹にためてんのが一番よくないねん」

「泣きと笑いは近いからな。笑うことで感情がほぐれて泣く準備ができるんや。新喜劇を観たことあるやろ」

観たことないです、とわたしが涙声で答えると、これだから関東もんは、と血池ががっくりする。

「もう大丈夫です。すいませんでした。昔の辛いことを思い出して、泣いちゃいましたけど、ボナサンズさんの漫才で楽になった気がします」

「そりゃよかった。俺ら、みんなを楽にしたくて漫才やってんからな。漫才師冥利《みょうり》につきるで」

「まだまだやけどな。今年こそＭ－１優勝して、売れるで」

「どうしてそんなに頑張れるんですか？」

「ん？」

「こんな朝早くから練習して、このあとバイトなんですよね？　きつくないですか？」

普段の自分なら口にしないような失礼なことを訊いてしまった。笑って泣いたことで、どこかふっきれた。

「きついで」最初はなんでそんなことを訊くんだという顔をした針渡が、わたしが真剣な顔をしていたからか、真顔で話を続ける。「今年で三十五だしな。バイト先では年下の社員に顎でつかわれるし、舞台ではこっちがびっくりするぐらいスベることもある。テレビのオーディションは落ちる穴がまだあったのかというほど落ちるし、たまに受かって収録しても出演シーンを全部カットされていなかったみたいに扱われる」

「それでも頑張り続けられるのはすごいです」

「まあ、よくできた人間のように聞こえたかもしれんけど、本当の俺はどうしようもないクズ人間なんやで。ちょっと前はギャンブル依存症やった」

針渡が神妙な顔つきで言う。ギャンブル依存症。聞きなれない言葉にわたしは動揺する。

「漫才師になるって勇ましく実家を出ても食えへんから、親に仕送りをしてもらってた。けど、その金も少ない給料も全部パチンコに使ってしまって、給料日前にはいっつも文無しで親に金をせびってた。親の暮らしもカツカツなのを知ってんのにな。それでもパチンコをやめれんかった。漫才の練習をさぼって、ずっと台の前におった。最低やろ？」

真剣に漫才の練習をしていた針渡とパチンコ台にかじりつく彼の姿が頭の中でぶつかる。

「でも、今は漫才を頑張っているんですよね？」

今の彼を信じたくて、わたしは確かめる。

「せや。こいつのおかげや」針渡が隣の血池を見る。「漫才の練習をさぼってパチンコしてたら、血池が店に来たんや。殴られるのかと思うたら、こいつ、隣の台に座って無言でパチンコをはじめたんや。なんも文句を言わずに、ひたすら玉を打っとった。来る日も来る日も、俺の隣に座ってパチンコをやってた。やったことがないから、こいつ下手で大金すってんのに、それでもやめんかった。芸人仲間に訊いたら、バイト代では足りんで、会社のお偉いさんや先輩方に頭を下げて借りた金でパチンコしてたんやと。アホやろう？」

うるさいな、と血池が小声で言う。

「でもな、下手なのに、毎日俺の隣に座って玉を打っとる血池の姿を見とったら、パチンコやっとんのが馬鹿馬鹿しくなって、すっぱりやめたんや。俺はクズみたいな人間やけど、お笑いが好きやねん。子供の頃にテレビで観た漫才を覚えとるから、いつか自分もああやってみんなを楽しませることができたら最高やと思っとる」

針渡が照れた顔をして話してくれた。その正直な顔は、夜明け前の時間にふさわしかった。

「思いがあっても、売れるとは限らんけどな」

血池が冷静に言う。

「せやな。辞めていく芸人をぎょうさん見てきた。楽屋では俺らを笑かしてくれたのに、まったく売れなくて消えていった先輩が何人もいた。売れるには運も必要や」針渡が眉をひそめて少し悲しそうな顔をする。「怖いで、正直。このまま一生バイトかもと思い、背中に汗をびっしょりかいて目を覚ますこともある。夢は恐ろしいでえ、夢を裏切ると自分自身も裏切ることになるからな。でもな、俺らは絶対に売れる。そう信じている。隣のこいつがおもろいからな」

そう言って、針渡が自分より低い血池の頭を撫でる。

「頭、触んなや。こいつにむかつくことはしょっちゅうやけど、ナッツちゃん、ふたりでいるからやっていけるんやと思うで。漫才には相方が必要や。漫才をふたりでやるのはどうしてやと思う？」

「ボケとツッコミが必要だから？」

わたしが答える。

「どちらかが倒れそうになったら支えるためや」

「おまえみたいなチビが俺を支えられるかあ？」

針渡が手のひらで血池の身長を測ろうとする。

「うるさいわ。人という漢字で支えているのは短い方や」

血池がジャンプして針渡の頭をはたく。

ふたりを見て、わたしは笑う。

「ナッツちゃんにもマチちゃんという相方がおるやん。友達だからって、親元を離れて九州までなかなか一緒に来てくれへんよ。感謝しいや。ナッツちゃんは、ひとりやないで」

そう言ってくれた針渡の背後が輝きはじめた。コンクリートの山の上に朝日が顔を出し、やがてわたしたちを照らした。

わたしは夜明けがそれほど怖くなくなっていた。

5

「朝は牛乳派？　お茶派？」

新大阪駅の新幹線ホームで、マチが両手に持った紙パックの牛乳とお茶をこちらに向ける。

「牛乳派」

わたしたちはホームのベンチに座り、博多《はかた》行きの新幹線を待っている。

彼女さんにもらった牛乳をストローで飲む。

今朝、ボナサンズと一緒に公園から部屋に戻ると、マチはすでに起きていた。ボナサンズのふたりがこれからバイトに出かけると言うので、わたしたちは荷物をまとめはじめた。

「これで切符を買うてや」

血池がわたしたちに四つ折りのお札を差し出してきた。

「悪いですよ」

「お子ちゃまが遠慮するもんやないで。邪魔にならんから、とっとき、とっとき」

おばちゃんの声色で血池がわたしにお金を押しつけてきた。

「みてのとおり俺らも生活は楽やないから、たくさんはあげれんけどな。旅費の足しにしてくれや」

針渡が頭を掻きながら言った。

「でも……、わたしのために」

「ナッツちゃんのためだけやないで。友達のために大阪まで来たマチちゃんのためでもあるんや」

「ほな、借りときますわ。出世払いで返しますさかい」

マチが恭《うやうや》しく頭を下げた。

「気をつけて。自分を大切にね」

そう言うと、彼女さんがお金を足してくれた。

三人のお金で新幹線の切符が買えた。ボナサンズと彼女さんは、新大阪駅の改札口まで一緒に来てくれた。

新幹線がホームに入線してきたが、広島《ひろしま》行きなので見送る。

さっきからマチが黙っている。どうしたんだろ。旅の疲れが出たのかな。

「ボナサンズさんも彼女さんもいい人だったね」

マチが喋らないことでできた沈黙を埋めるために、わたしは話題を振った。

「うん。でも、お金を出させて悪かった。できれば、自分たちの力で宮崎へ行きたかった」

「そうだね」

また沈黙が生まれた。今朝のマチは普段のように話してくれない。なにか別のことを考えているようだ。

「ボナサンズさんの漫才を見たんだ。夜明け前の公園で練習していたよ」

わたしが話題をつなぐ。

「そんな朝早くからすごいね。バイトもあるのに」

「大変だけど、相方がいるからやっていけるって、針渡さんが言っていた」

「血池さんを信じているんだね」

マチがお茶を飲む。

新幹線に乗れば、九州へ行ける。九州に入れば、宮崎はもうすぐだ。宮崎にはこの旅の目的である羽猫くんがいる。彼に会ってチイちゃんの宝箱を渡せば、この巡礼は終わる。その前に、わたしはマチへ伝えたいことがある。

「わたしの相方はマチだって針渡さんに言われた。マチ、本当にありがとう。ここまで来られたのはマチのおかげだよ」

「あたしが勝手についてきただけだって」

「マチはわたしの友達でいてくれている。そのことで、わたしはたくさん救われた。わたしは自分に自信が持てないし、知らない人とうまく話せないけど、マチは初めての人ともきちんと会話ができる。昨日もマチがいなかったらボナサンズさんたちと仲良くなれなかった。マチには凄い力がある」

「違うよ、それは。あたしの力は限られている。小学校で無視されたのは、あたしの力が他の人に及ばなかったからだよ。本当に力がある人は、クラス全員を巻き込んで仲良くできる。あたしの力は、ナッツ、あなたにしか効かないちっぽけなものなんだ」

「そんなことない。わたしだけじゃなく、マチは自分の家族も楽しませていた」

わたしは横に座るマチの顔を見る。そこにはいつもの笑顔はなく、潤んだ瞳があった。

「今一緒にいる母さんは、あたしを産んでくれた母さんじゃないんだ」

「え？」

マチがなにを言っているのかわからなかった。頭に浮かんだのは、マチの家で囲んだ温かい食卓と、台所に立つマチのお母さんの広い背中だ。

「あたしを産んでくれた母さんは、あたしが五歳のときに乳がんで死んじゃった。そのあと、父さんは今の母さんと再婚して、弟と妹が生まれた」

マチが淡々と話す。

「弟くんと妹ちゃんとはお母さんが違うってこと？」

「そう」

記憶の中にあるマチの家族の風景が別の色に変わる。お腹にいたマチに洋楽を聴かせていたのは亡くなったお母さんだったのか。

「弟くんたちは知っているの？」

「小学校にあがったら父さんが伝えると思うけど、今はまだ知らない。でも、半分しか血が繋がっていなくてもあの子たちはあたしの大事な弟妹さ。そのことを気にしたことは一度もない。今の母さんと血の繋がりはないけど、母さんは母さん。血縁なんてなんの関係もない」

　マチが気丈に言う。

「産んでくれたお母さんじゃないってマチは知っていたの？」

「知ってた、ていうか、亡くなったときのことも覚えている。冷たい病室も、たくさんの人が来てくれたお葬式も。最初の母さんも大好きだよ」

　母親と血が繋がっていないと知ったら、わたしだったらどう思うだろう。だから、わたしとママはこんなに違うんだと納得すると思う。ママは英語が話せるのにわたしは全然できない。わたしはテレビも動画も観るけど、ママは芸能人にはまったく興味がない。自分がママと違う理由がわかってほっとするに違いない。

　いや、きっとわたしは辛くなると思う。視界の半分が暗闇で見えなくなった気がするだろう。考えや趣味がいくら違っていても、ママだからわたしは反発できるし、感情をぶつけることができる。ママ以外の人にわたしが怒りをぶつけることはない。見えないところで繋がっていると思えるからママへは素直に話せる。

「お父さんが再婚するときは嫌じゃなかったの？」

「再婚話が出たとき、あたしは七歳になったばかりだったけど、父さんに相談された。父さんは、子供には難しそうなことでもなんでも話してくれた。今はわからなくても、知っていれば大きくなったときに思い出して、考えられるからって」

　うちの両親は違う。ふたりがわたしに相談することはない。引っ越しを決めたときも相談ではなく、報告だった。わたしも家族の一員なのに。

「再婚にはすぐに賛成したよ。父さんが好きな人なら、反対する理由がないし。母さんが減るんじゃ困るけど、ふたりに増えるんだから、ラッキーだと思った」

　マチがはっきりと話す。親が増えて嬉しいと断言するマチの顔に翳りはない。

　再婚するとパパから言われたら、わたしは新しいママに嫉妬し、再婚なんてやめてと駄々をこねると思う。自分のことばかりで、マチのようにパパの気持ちまで考えることができない。

「母さんは好きだよ。弟たちも。だから、母さんや弟たちと一緒にいると、楽しませてあげたいと思っちゃう。しんどいときでも、明るくみんなと接してしまう。小学校で無視されたときも、家の玄関で深呼吸して、家族の前ではずっと笑っていた」

「どうして、自分の家族なのに……」

「なんでだろう、お客をおもてなしするような気分かな。あたしと父さんの家に来てくれた母さんとあの子たちを楽しませてあげたい。辛い思いをさせたくない」

　自分の家なのに、自分の家族をもてなす。家族の食卓に絶えず明るい話題を振りまくマチ。明るければ明るいほど、マチに落ちる影は濃くなる。

「それじゃあ、マチが辛いよ」

　わたしだけじゃなく、自分の家族にも小さな魔法をマチは使っていたのだ。でも、誰も、マチには魔法を掛けてくれない。

「大丈夫だよ。家族のことだけじゃなく、学校のこともあったんで、あたしはすたぱれを推すようになったんだ。推しがあたしをもてなしてくれる。だから、ナッツが推しを失ったときに自分だったら耐えられないと思って、羽猫くんの居場所を捜してここまで一緒に来た」

今まで強く見せていたマチの鎧が消えて、ありのままのマチが見えた気がした。でも、わたしは自らの鎧をまだ解いていない。マチに本当のことを話していない。自分が羽猫くんを推していないことを隠している。小学校のときみたいな孤独を味わいたくないから。今こそ、わたしは真実を伝えてマチに謝るべきだ。

「マチ、ごめん、ほんとはね、わたし……」

「知ってるよ」

それ以上、口にさせないためなのか、マチがわたしの言葉を遮った。

「えっ……」

「ナッツは羽猫くんを推していないよね。ずっと一緒にいて、ナッツを見ていたからわかる。あたしは前のめりにつんのめるようにだぁと君を推しているけど、ナッツはちょっと違う。すたぱれを好きなんだろうけど、のめりこまずに少し離れた場所から眺めている」

わたしは驚いて、声が出なかった。マチはわたしが羽猫くんを推していないことを知っていた。

「責めているんじゃないよ。その逆で、あたしはナッツに感謝している。だって、自分は推していないのに一緒にすたぱれの話で盛り上がってくれた。ライブへ一緒に行ってくれた。

本当のことを伝えたかったけど、あたしが一方的にベラベラ喋るから言えなかったんだよね」

違う。違う。わたしは強く首を振る。

「あたしから確かめればよかったんだけど、羽猫くんを推していないことが明らかになったら、ナッツと一緒にいられなくなると思って、怖くて言い出せなかった。ごめん」

マチの黄金の髪の毛が垂れる。

「違う、マチ、違うんだよ……」

「どうして推していない羽猫くんに会いたいのかわからないけど、ナッツが行きたいなら、それで構わない。あたしは全力で協力する。それが、一緒にいてくれたナッツのために、あたしができることだから」

マチが涙目でわたしの顔を見る。潤んだ瞳にわたしが映る。嘘をついていたことを謝りたい。羽猫くんを推していたチイちゃんのことを伝えたい。真実を話すなら、今しかない。

「マチ、わたしの妹がね……」

話そうとすると、騒々しい声が割り込んできた。聞き覚えのある声だ。

階段付近で数名の大人たちが辺りを見回している。わたしのママとパパ、あともうひとりはマチのお母さんだ。

「やば。工場長、話したな」

マチとわたしはリュックを担いでベンチを立ち上がり、近くの自動販売機の陰に隠れる。

どうしてここがわかったのか。工場長がマチのお父さんに話して、わたしたちが大阪にいることが知られたのだろう。マチの親がわたしの親に連絡して、どちらの家にも泊まっていないこともばれた。トラックは福岡へ行く予定だったから、新幹線で大阪から九州方面に向かうと考えて、わたしたちを捜しにこのホームへ来たに違いない。

　三人の親がきょろきょろしながら、こちらへ向かってくる。

「まずいな。見つかっちゃう」

「もういいよ、マチ。出て行こう。これ以上、マチに迷惑を掛けられない」

「なに言ってんの。羽猫くんに会いたいんでしょ。これはナッツのためだけじゃない。一緒にここまで来たあたしのためでもある。ここで連れ戻されたらなにも残らないよ」

「うん」

　マチの真剣な表情に押されてわたしは返事する。

　わたしの名を呼ぶママの声が近づいてくる。

　そのとき、博多行きの新幹線がホームに入線してきた。アナウンスが流れ、ホームドアが一斉に開く。列車から乗客が降りてくる。

「あれに乗ろう！」

　マチがわたしに言う。

　わたしは頷く。

　新幹線に向かって、わたしたちはホームを全力で駆ける。

　ベルが鳴り響く中、発車ギリギリでわたしたちは新幹線に乗り込んだ。

「間に合ったね」

笑顔でわたしはマチを向く。

ママの声が近くに聞こえる。車両に近寄りわたしたちが乗っていないか調べはじめている。

このままでは見つかってしまう。

車内の奥に隠れようと言おうとしたら、マチが真剣な顔でわたしを見つめていた。

「この新幹線で九州へ行って、羽猫くんに会ってね」

「えっ？」

マチがわたしの手を握り、なにかを手渡すと、ホームに飛び降りて、親たちの方へ走り出す。

「待って！」

マチを追いかけようとするが、マチの最後の言葉がわたしの足を止める。

ベルが鳴り止み、新幹線の扉が閉まる。

ホームではマチの姿を見つけた親たちが騒ぎ、周りの人たちがざわついている。

マチが自分の姿を見せつけるように親の目前を全速力で走り抜ける。

わたしのママが髪を振り乱して、マチを追いかける。

ホームの端でマチが床に倒れ込み、大人たちに囲まれた。

「マチ……」

わたしは扉の窓ガラスに顔を押しつける。

新幹線がゆっくり動きはじめる。

「マチ！」

わたしは叫ぶ。

群衆の真ん中で、マチが誰かに抱きしめられている。あれは、マチのお母さんだ。お母さんは涙を流して娘の名を叫んでいる。マチはお母さんの胸の中で泣いている。血が繋がっていないからって、あのふたりを本当の親子じゃないと言う人がどこにいるのだろう。

わたしを乗せた新幹線の車両が加速しながら、その横を通り過ぎる。

「マチ！」

わたしはもう一度友の名を呼ぶ。

マチ、マチ、マチ。孤独なわたしに声を掛けてくれたマチ。わたしのために限りある魔法を使ってくれたマチ。わたしと一緒にここまで来てくれたマチ。そのマチがどんどん遠ざかっていく。マチからたくさんのものをもらったのに、わたしはまだなにも返せていない。

わたしの意思とは無関係に、恐ろしい速さで、新幹線はマチがいるホームから離れる。

涙が頬を伝い、窓ガラスを流れる。

力を失い、その場にへたり込む。トラックとは違い、どこかよそよそしげな新幹線の振動と走行音が全身を小刻みに揺さぶる。

マチと離れ離れになってしまった。わたしがマチを置き去りにしたのだ。いくら、そうしろとマチが言ったとはいえ、わたしのためにここまで来てくれた彼女に対してひどい仕打ちだ。自分のしてしまったことに落ち込む。

ひとりになった。ここでは誰もわたしを知らない。わたしも誰も知らない。無力なわたしひとりでは羽猫くんの許へは辿り着けない。わたしは自分の膝を抱え、なにも見ないように頭をつける。

止まらない涙を拭こうと手を伸ばすと、自分がなにかを握りしめているのに気づく。閉じた手のひらを開けると、そこには折り畳まれた紙があった。手紙だ。別れ際に、マチが持たせてくれたものだ。たくさんのものをわたしに与えてくれたマチが最後にくれたもの。手紙を開く。一文字ずつ時間をかけて丁寧に書いたマチの字が並んでいた。

『ナッツへ

今あたしはボナサンズさんちにいます。夜明け前です。起きたらボナサンズのふたりもナッツもいませんでした。でも、あたしは寂しくありません。だって、ナッツは絶対にあたしのところに戻ってくると信じているから。

話したとおり、小学校であたしはひとりでした。きっと今より未来のあたしが親のこともナッツに話してくれたはずです。ナッツには隠し事をしないで全部話そうと今のあたしは心に決めているから。

あたしは誰といてもひとりだと感じていました。たくさんの友達と一緒にいても、どんなに乾かしても服の一部がじめっとしているような冷たい感覚がずっとしていました。

ナッツといるときだけはひとりでいる感じがしませんでした。一緒にすたぱれについて語り合ったとき、ライブで叫んだとき、あたしは孤独な自分から抜け出し、隣にいるナッツをとても身近に感じることができました。

ナッツは自分の真面目な性格が好きではなさそうですが、ナッツは他人に対しても真面目で、真剣に話を聞いてくれるから、秘密にしていたこともナッツには話したくなります。あたしだけではなく、他の人もそうだと思います。ナッツにはそういう力があります。そのことを忘れないでください。

もしも、ナッツと離れるようなことがあれば渡そうと、この手紙を書いています。ナッツには言いませんでしたが、あとでばれたら自分の立場が危うくなるので、工場長はあたしのことを父さんに必ず報告します。父さんはナッツの両親に話すでしょう。親たちは娘を捜しに大阪まで来ると思います。あたしたちは見つかってしまうかもしれません。

万が一見つかっても、あたしはナッツを守ります。ナッツが羽猫くんに会いたいというナッツの想いを全力で守ります。ナッツが羽猫くんを推していないのは知っていました。それでも、ナッツが羽猫くんに会いたいという気持ちに嘘がないのは、ずっとナッツを見てきたあたしにはわかります。

羽猫くんを推していないことを黙っている理由をナッツに確かめることができませんでした。事実を明らかにして、一緒にいられなくなるのが怖かった。気になっているのに訊かないのは、親友としてよくないことだと思います。ごめんね。

この手紙を読んでいる今、ナッツの横にあたしはいないでしょう（そばにいるなら、さすがのあたしも恥ずくて手紙を渡せないからね！）。ひとりになって寂しいとは思いますが、それでも宮崎へ行ってください。ナッツだけの願いではなく、あたしたちふたりの願いです。がんばって！　また学校でね。マチより』

手紙を読み終えると、わたしは新幹線の無機質な天井を見上げる。

わたしと離れることがマチも怖かった。推していないことがばれてマチが離れていくのがわたしも怖かった。ふたりの気持ちは互いの手のひらを合わせたようにぴったり一致していた。ふたりの間に推しがいなくても、わたしたちは手と手を取り合い、直接繋がっていられたのだ。

涙がまた込み上げてきたけど、なんとかこらえる。泣いている場合じゃない。わたしにはやり遂げるべきことがある。わたしだけの願いだと挫折すると思い、宮崎行きを「ふたりの願い」だとマチは言ってくれたのだ。

手紙と共にマチがわたしに残した言葉を思い出す。羽猫くんに会ってね。マチは体を張って、わたしを送り出してくれた。このままうずくまっていたのでは、マチの想いが台無しになる。彼女の想いを無にしたくない。今のわたしはマチになにも返せないけど、マチのためにもこの巡礼を成し遂げたい。

マチの想いに応えるために、わたしはひとりで宮崎へ行かないといけない。自分の力を信じて。

手紙を丁寧に折りたたむと、わたしは立ち上がり、車窓の斜め前方を見つめる。風景は後方へすぐに流れて消え去ってしまうけど、前方から現れる新しい景色をわたしは追い求めた。

第三章 ✷ 強情なハリガネ

カタンとブルワイズは壁の中の街に入りました。街は活気に満ちていて、人々はカタンたちが話すクルワル語とは少し異なる言葉を早口でやりとりしていました。

「おまえたち、泊まるところがあるのか？」

さっきの門番が声をかけてきました。当てがないと答えると、門番の家に招待してくれました。

門番はこの国の料理を振る舞い、自分たちが暮らす街のことを面白おかしく話してくれました。

「おふたりは兄弟なのですか？」

カタンは尋ねました。

「俺たちが？　兄弟ではない。体格も違うし、性格も違う。だが、違うから一緒にいられるのかもしれない。おまえたちはいつも一緒にいるのか」

「そうです。僕らはいつでも、いつまでも一緒です。ねえ、ブルワイズ？」

カタンはブルワイズに顔を向けます。

「そうだね」

少し間をおいてからブルワイズは応じましたが、この先に嫌なことがあるような浮かない顔をしていました。

朝、門番に礼を言って別れると、カタンとブルワイズは、荒地の塔を目指して再び歩きはじめました。

しばらく進むと、黒い森が目の前をふさぎました。

「真っ暗だよ」

昼間でも先が見えない黒い森の入り口を見て、カタンは震え上がりました。

「大丈夫、暗くても前を見て自分を保っていれば恐怖は寄りつかない」

ブルワイズがカタンの手を取り、先へ進みます。

森の中では、なにかわからないものの低い鳴き声がどこかから聞こえてきました。

不気味なものが出てきそうで怖かったので、カタンは途中から目を閉じて歩きました。

「だめだ、ちゃんと目を開けないと」

「目を開けていても暗くてなにも見えないよ」

「目を閉じたら、余計なことを想像してしまい、恐怖に呑まれてしまう。想像はときに怪物を生む」

「う、うん」

カタンは恐る恐る目を開けました。暗闇を見つめていると目の奥がじんじんと痛くなってきましたが、我慢して前を向いて進みます。

真っ暗闇の中をしばらく歩くと、前方にわずかな光が見えてきました。

「やった！　出口だ！」

光に向かってカタンは駆け出しました。

「待て、カタン。危ないから止まれ！」

ブルワイズの声が届くよりも先にカタンは森の出口を飛び出しました。しかし、すぐそこは崖になっていました。

「うわあ！」

勢い余ってカタンは崖から落ちてしまいました。

ブルワイズが素早く駆け寄り、落ちるカタンの手を掴みます。

ブルワイズのおかげで崖の底へ落ちずにすみましたが、カタンはぶらんと宙吊りになってしまいました。繋いでいるブルワイズの手だけが頼りです。下を見ると、ごつごつとした岩場が広がっていて、落ちたらとても助かりそうにありません。見ているだけで、身体が震えてきます。

「ブルワイズ、怖いよ……」

「頑張れ、カタン。今助けるから」

ブルワイズが腕を振り上げて、カタンを空中へ放り投げます。カタンは宙を舞ったのち、どさりと地面に落ちました。

「助かったー、ありがとう！　ブルワイズ！」

カタンが礼を言うと、前方の地面が次々と崩れて、今度はブルワイズが崖から落ちてしまいました。

「ブルワイズ！」

カタンは腕を必死に伸ばして、ブルワイズの手を握ります。ブルワイズを引っ張り上げようとしますが、カタンの力では引き上げることができません。カタンごと崖の下に引きずり込まれてしまいそうです。

「カタン、このままでは君まで落ちてしまう。手を離すんだ」

「僕は絶対に離さないよ。君とふたりでどこまでも行くんだ！」

「カタン、忘れるな。私たちの目的はみんなの夢を取り戻すことだ」

「僕ひとりじゃ無理だよ」

「カタン、君ならできる。夢を取り戻すのは私の願いでもある。あとを頼む」

そう言い終えると、ブルワイズが腰の剣を抜き、刃を自分の手に当てて、手首を斬り落としました。

いきなり軽くなった反動で、カタンは尻餅をついてしまいました。

「えっ？」

ブルワイズは崖の下へ落ちて消えてしまいました。

「ブルワイズ！」

カタンは崖の底に向かって叫びましたが、声は返ってきません。

カタンの手元にはブルワイズの手首だけが残りました。手首にはバングルがはまっています。七つの肉球はまるで生きているようにピンク色のままですが、ブルワイズの手首は、どこにも繋がっていません。

「ブルワイズ……」

ブルワイズの手首を抱きしめて、カタンは涙を流しました。

「僕ひとりでは、もう一歩も先に進めないよ……。君がいなければ荒地の塔へ行くなんて無理だ……」

カタンがその場に座り込み、うなだれると、ブルワイズの手首が消え、残ったバングルが輝きはじめました。バングルは心臓の鼓動のように明滅を繰り返しています。バングルの光は優しく、ブルワイズそのもののように思え、ブルワイズがくれた言葉たちがカタンを温めてくれました。

カタンはブルワイズのバングルを自分の手にはめました。

「誰かがやらないといけないんだ。ここにいてもなにも進まない」
カタンは立ち上がり、新たな道を歩きはじめました。

1

博多駅で新幹線を降りて、人波に流されて歩いていたら、いつの間にか改札の外へ出ていた。博多駅構内にはお土産やお弁当を売る店がいっぱいあって、たくさんの人が行き交っている。人混みをかきわけて、宮崎へ向かう電車の改札口を探す。

宮崎に新幹線が通っていないのは知っていた。もし通っていても、新幹線の切符を買うお金はもうない。福岡と宮崎は九州という同じ島にあるのだから、そんなに離れておらず、安い普通電車で行けるはずだ。

在来線の切符売り場があった。売り場の横に九州の駅名が丸くつながった路線図がある。路線図には博多駅からの運賃が書かれている。

高い。思ったよりも高い。自宅から持ってきたお金とボナサンズからもらったお金の残りでは宮崎までの切符は買えない。

福岡と宮崎は同じ島内にあるのに、どうしてこんなに高いのか。九州に上陸すればなんとかなると思っていたけど、わたしたちは島というものを勘違いしていたのかもしれない。

歩いていくしかない。博多駅から宮崎駅まで駅数はかなりあるが、他に手立てはない。駅でうろうろしていたら、大阪から捜しに来た親たちに見つかってしまう。新大阪で捕まったマチがわたしの行き先を親に教えるとは思わないけど、下りのホームにいたわけだから、わたしが西へ向かったのはすぐに見当がつく。

　マチがいれば心強いし、この状況を打開する良いアイディアを出してくれるはずだ。でも、ここにマチはいない。寂しいけど、ひとりでなんとかするしかない。宮崎へ行くことをマチと約束したのだ。

　駅を出て、街を歩く。宮崎がある南に向かって進む。

　博多の街は人通りが多かった。大きな紙袋をぶらさげたカップル、小さな子供を連れた夫婦。今日は休日だった。夏休みでただでさえ曜日の感覚が曖昧な上にカレンダーもスマホもここ数日見ていないので、今日が何日なのかさえわからなくなっていた。このまま家に帰らなければ、わたしはカレンダーのない世界でずっと生きていくことになる。学校へ通っているときはテストまであと何日、次の授業はなにかと毎日カレンダーと時間に追われていて窮屈な思いをしていたのに、いざそこからはみ出ると、とても心許ない。道なき荒野を歩いているような。

　心細い気持ちを抱えて、知らない街を歩く。歩いているうちに自分が本当に南へ向かっているのかわからなくなってきた。

　赤信号で待っていると、目の前をバスが通り過ぎた。

バスだ。バスがあった。電車よりバスのほうが安いはずだ。マチの家で調べたとき、夜行バスの運賃は新幹線より安かった。未成年は夜行バスに乗れなかったけど、昼間運行のバスなら身分証の提示を求められないと思う。

大きな道路沿いにバス停を見つけたが、時刻表に宮崎行きの表記はない。宮崎へ行くバスはどこから出ているのか。

隣で信号待ちしているおじさんが目についた。おじさんはスマホの画面を見つめている。

「すいません！」

わたしは勇気を出しておじさんに話しかける。ちょっと勢いが余って声が大きかったらしく、突然押されたように背中がびくっとして、おじさんがスマホを落としそうになる。

「ど、どうしました？」

「宮崎へ行くバスはどこから出ていますか？」

見知らぬ人に道を尋ねたのは生まれて初めてだったし、おじさんの顔が曇ったので怯みそうになったけど、後退しそうな気持ちを抑えて質問を続ける。

「宮崎？　宮崎県の宮崎？」

「そうです」

他の宮崎があるのか。

「遠いから飛行機で行ったほうが早いよ」

飛行機が飛んでいるぐらい宮崎は遠いのか。歩いていくのはとても無理だ。

「いえ、バスがいいんです」

「そ、そっか、バスならバスセンターかな。博多のバスはみんなあそこから出てるよ」

「バスセンター。それはどこにありますか？」

おじさんがバスセンターの場所を丁寧に教えてくれた。

「ありがとうございます！」

深くお辞儀をして、わたしはバスセンターへ向かう。


やっぱり高い。

散々迷った挙げ句、何度も人に道を訊いてようやくバスセンターに着いた。たくさんのバスが集まる広大な敷地を想像していたけど、バスセンターはデパートみたいな建物の中にあった。外見からはここにバスが集合しているようにはとても思えない。

カウンターの人が教えてくれた宮崎行きの運賃は電車よりは安かったけど、手持ちの現金ではやはり足りない。家にいるのならお小遣いを親にねだることができるのに、今は自分でなんとかしなければお金は増えない。

新大阪駅のホームで見た両親を思い出す。必死な表情でわたしを捜し、名前を連呼していた。普段は世間体を気にするママが外見《そとみ》を気にせず、走るマチを追いかけていた。ママがチイちゃんを強引に連れ去ったことを許したわけじゃないけど、わたしも親を騙して家を出てきた。

でも、まだ家に帰るわけにはいかない。マチとの約束がある。友達との約束を守れないようなら、わたしに生きる価値はない。なんとしてでも、宮崎へ行かないと。この旅を途中で投げ出してしまえば、わたしは一生後悔し、何事にも自信がもてなくなる。

ヒッチハイク。道端に立ち、「宮崎へ」と書いた段ボールを掲げる自分を想像する。「やめときな、あたしたち、女の子だしさ」というマチの声が聞こえた気がする。ここにいなくてもマチの言葉がわたしを守ってくれる。

八方塞がりだ。手持ちのお金をすべて使って、できるだけ遠くへ行くことも考えたが、それでは飲み物も食べ物も買えなくなってしまう。今日は新大阪駅のホームで飲んだ牛乳以外になにも口にしていない。

ビルに挟まれた細い公園で水を飲む。小さな噴水みたいな水飲み場の水を初めて飲んだ。錆びた鉄のような味がした。誰が口をつけて飲んだかわからないから、公園の水は絶対に飲んじゃだめとママにずっと言われてきた。自宅の水道水ですらママはわたしに飲ませない。わたしはベンチに座って肩を落とす。マチとの約束を果たすために奮い立ってみたけれど、わたしひとりでは、やっぱりなにもできない。

ぼうっとしていると、日が暮れてきた。夜の公園にいるところを警官に見つかったら、補導されてしまう。

大きくて重いリュックを背負って、ベンチからよろよろと立ち上がる。

お腹が空いた。それはそうだ、なにも食べずに、水ばかり飲んでいるのだから。

なにか食べようと街を歩き回る。安くて、お腹にたまるもの。牛丼屋が目にとまる。ボナサンズのふたりと大阪で行ったチェーン店だ。なんだか懐かしい。究極の漫才師になることが夢だと彼らは語っていたが、今はまだ売れてなくて、舞台とバイトを掛け持ちして大変そうだった。夢があっても苦しいものなのだと思う。

夢は朧《おぼろ》げだけど、空腹は現実だ。お腹が空きすぎて、身体の底がどんどん下がっていく気がする。垂れた身体に引っ張られて食べ物以外のことが考えられなくなる。

わたしは夕闇の街をさまよう。早くも酔っ払った若い男がわたしをジロジロと見ている。大きなリュックを背負った十三歳は夜の街では目立つ。

空腹が限界まで達すると、身体の底が抜けて、足を動かす度に内臓がぼろぼろとこぼれ落ちる。全力疾走したあとみたいに、わたしは膝に手をつき、空っぽな身体をなんとか支える。食べ物の匂いが鼻をつく。いつもの自分なら敬遠してしまう強烈な匂いだが、今はその匂いに引き寄せられる。

膝に手をついたまま顔を上げると、そこには屋台が連なっていた。川沿いに数台の屋台が並んでいる。お祭りや花火大会で見かける神奈川の屋台では、リンゴ飴やわたあめなど子供たちが喜ぶものを主に売っていたけど、ここの屋台はおでんや焼き鳥の暖簾《のれん》を垂らし、背中を丸めた大人たちが周りを囲んでいる。

おいしそうな匂いが屋台から漂ってきた。あそこに行けば食べ物がある。だけど、どの屋台も大人がお酒を呑んでいるようで、近寄りがたい。お祭りの屋台とは雰囲気が違う。

わたしは屋台の匂いに搦《から》め捕られて、食べ物のことしか考えられなくなる。並ぶ屋台の横を野良犬のようにとぼとぼと歩いていると、お客がひとりもいない屋台が一軒あった。赤い提灯《ちょうちん》にはラーメンと書かれている。他と違い、その屋台の周りだけ人が座っていない。屋台の壁には「当店はアルコールを提供していません」と張り紙がしてある。

わたしは吸い寄せられるように、その屋台の暖簾をくぐる。

「いらっしゃいませ……」

屋台には女の人がひとり立っていた。わたしを見ると驚いた顔をして、おひとりさまですか？　と尋ねてきたので、わたしは首を縦に振った。女性は若く、二十代に見える。

「なにか食べさせてもらえますか」

喉から声を振り絞る。

「うちはラーメン屋ですから、それ以外は出せませんよ」

「かまいません。ラーメンを一杯お願いします」

彼女が不安げな顔をわたしに向けた。お金を持っているのか気にしていると思ったので、財布からなけなしの千円札を取り出して見せた。

「これで食べられますか」

「大丈夫。お金があれば、誰でもお客さんですよ。麺の硬さは？」

麺の硬さ？　そう言ったように聞こえた。親と行く店でそんなことを訊かれたことは一度もなかったが、彼女は当たり前のことのように訊いている。麺の種類を自由に選べる？

「あのう……、どんな麺があるのですか？」

わたしがそう言うと、彼女は吹き出しそうになったけど、堪えて意味を教えてくれた。

「こういう店は初めてなのね。うちの麺は一種類だけど、麺を茹でる時間を変えることで、麺の硬さが選べるんだ。柔らかい方から、バリやわ、やわ、かた、バリかた、ハリガネ、粉落とし、湯気通し」

彼女がラップの歌詞みたいに早口でまくしたてる。

「じゃあ、ハリガネで」

まともに聞きとれた言葉を口にする。芯がしっかりしていて、おいしそうだ。

「初心者ならハリガネはやめた方がいいと思うよ。どうしても食べたいなら止めないけど」

彼女が引き出しから生麺を一本取り出し、沸騰する湯を張った寸胴《ずんどう》に落とす。十秒ぐらいしたら、菜箸《さいばし》で麺をつかみ、わたしに差し出す。麺は弓のようにしなっていて、張りがある。

わたしは指でつまみ、麺を口に入れる。

「ゴリゴリします」

久々の食べ物は痺れるほどおいしいけど、麺は完全には茹だっておらず、芯が硬く、粉っぽい。

「でしょうね。やわぐらいにしておけば」

それでお願いします、と返事すると、彼女が引き出しから生麺を一玉つかみ、寸胴の中へ散らすようにほぐして投げ込む。

湯を張った容器から素手で丼を取り出し、布巾で素早く水滴を拭う。小さな杓《しゃく》で黒いタレを掬い、丼の中央に注ぐ。

真剣な眼差しで、寸胴の中を気持ちよさそうに泳ぐ麺を見つめている。麺は湯の中で広がり、常に形を変える。

かすかに顎を引くと、丼に白濁《はくだく》したスープを注ぎ、手際よくかき回す。今まで嗅いだことのない荒々しい匂いが立つ。

次にザルを手に持ち、湯に泳ぐ麺を一本残らず丁寧に掬い取ると、ザルを上空に掲げる。魔法使いの髭のような大量の湯気がザルから立ち上る。

次の瞬間、ザルを勢いよく落とし、彼女が麺の湯を切る。小気味の良い音と共に、水飛沫が舞い散った。ザルを何度も上下に動かして湯切りをし、スープを張った丼に麺を落とす。菜箸で麺にスープを絡め、キクラゲとチャーシューを並べ、細かく刻んだネギを中心に盛り付ける。

華麗に流れる所作に思わず見惚れてしまった。

「お待たせ」

彼女がわたしの前に丼を置く。

いただきます、と言って、わたしは割り箸で麺を啜る。

「おいしい」

思わず声が出た。野性味溢れるスープを飲むと、沈んでいた身体の底から力が漲《みなぎ》る気がした。

「ありがとう」

「何味ですか？」

「豚骨。博多ラーメンは初めてか。博多へは旅行？」

「ええ、まあ」

わたしは丼から顔を上げず、ラーメンを必死で食べる。

夢中で食べた。麺を啜り、チャーシューを頬張り、スープを飲んだ。お腹が膨れたら、押されるように目から涙が滲んできた。おいしいラーメンを食べたことで、空っぽな自分が急に満たされて、押し出された涙だった。

「ど、どうした？　ラーメンになんか入ってた？」

彼女が慌てる。

「い……、いえ……、ラーメンは……、すっごくおいしいです……」

涙で喉が詰まり、言葉が途切れ途切れにしか出てこない。

「泣くほどおいしかった？」

「はい。お腹が空いていたのもありますけど」

わたしが答えると、彼女が大笑いした。

「正直だね。ま、空腹は最高の調味料というからね」

彼女の言葉に自分が失礼なことを言ったと気づいた。

「お腹がいっぱいでも、おいしかったと思います。ラーメンを作る仕草がすてきでした」

非礼を挽回しようと焦ったからか、自分とは思えないほど言葉が滑らかに出てきた。

「そう？　ダンナのやり方を真似ているだけなんだけどね」

「ダンナさんがラーメンの先生なんですか？」

「昔ね。死んじゃったからさ」

訊いてはいけないことを口にしてしまった。珍しく自分から話したら地雷ばかり踏んでしまう。

「ごめんなさい」

いいっていいって、と言いながら彼女が包丁とまな板を片付ける。屋台の柱に掛けられている営業許可証には、「歌田《うただ》美《み》鈴《すず》」という名前が記載されている。彼女は美鈴さんというのか。

「少しゆっくりしていっていいよ。他に客いないから」

わたしが食べているときも、お客さんはひとりも来なかった。周りの屋台から酔客《すいきゃく》の賑やかな声が聞こえる。工場長の赤ら顔を思い出す。大人はみんなお酒が好きなんだ。そう言えば、この屋台には「アルコールを提供していない」と掲示してあった。

「どうしてお酒を出さないんですか」

「痛いとこ突くねえ」美鈴さんがわたしを指差す。また地雷を踏んでしまったようだ。「私、禁酒をしているんだよ。目の前でおいしそうにお酒を呑まれたらいやでしょ？」

なるほど。そういう理由があったのか。

「博多は初めて？」

「はい」

美鈴さんの質問の意図がわからないまま、わたしは答える。

「博多はいいところだよ。まあ、私はよそもんなんだけどねえ。おねえさんはどこから来たの？」

「神奈川です」

「私も昔は同じ関東の埼玉《さいたま》に住んでいたんだ。横浜には何度か行ったことがある。懐かしいね」

美鈴さんは博多の人じゃないんだ。生まれ故郷ではない博多でどうして屋台を営んでいるのだろう。さっき、ダンナさんが亡くなったと言っていた。そのことと関係があるのだろうか。

屋台の外から騒々しい声が聞こえてきた。その声にもっと大きな喧騒が被さる。酔っ払いか。大きな声をあげている人も、お酒を呑んでいない普段は優しい普通の人なのだと思う、工場長のように。人格が変わってしまうのに、どうして大人はお酒を呑むのだろう。自分が変わってしまうことが怖くはないのか。

「ごめんね、そろそろ店を閉めないといけないんだ。他の屋台はまだやっているけど、お酒を出していないから、うちは早仕舞いなんだよ」

美鈴さんが片付けをはじめる。寸胴の火を落として、カウンターを濡れ布巾で拭く。テキパキとした仕草が、わたしに出て行ってほしいという空気を漂わせる。

わたしは焦った。焦って、普段なら言えないことが口から飛び出る。

「わたしをここで働かせてください！」

「え？　はい？」

美鈴さんが手を止めて、驚いた顔をする。相手が怯んでいても、言った言葉は取り戻せない。もう先に進むしかない。

「お願いします！　働かせてください！」

わたしは立ち上がり、深く頭を下げる。寸胴の湯気がわたしの頭を温かく包みこんだ。

2

わたしは美鈴さんに必死でお願いした。自分が福岡へ来た理由、どうしても宮崎へ行きたいこと、そのためにお金が必要なこと、羽猫くんのこと、大阪で別れた親友への思いを伝えた。警察や親へ連絡されるかもしれないけど、他人を丸め込む話術がわたしにはないから、心を込めて正直に話し、訴えることしかできない。

屋台の長椅子に並んで座り、美鈴さんはわたしの拙《つたな》い話を聞いてくれた。

わたしが話し終えると、美鈴さんは深刻な顔をして腕を組んで黙った。

「夏子ちゃん、親御さんは心配しているんじゃないの？　同じ親として同情しちゃう」

少しして美鈴さんが口を開いた。美鈴さんにお子さんがいるのを初めて知った。

「親は心配していると思います。でも、わたしは宮崎へ行きたいんです。それに、わたしは必ず家に戻ります。戻るために行くんです」

「どうしてそこまでして羽猫くんだっけ？　アイドルの子に会いたいの？」

　チイちゃんが亡くなったことを美鈴さんには伝えていない。それだけは口にできなかった。話したら、きっと泣き出してしまうから。でも、事実を隠して自分の要求を通すのは虫がよすぎる。秘密を抱えたままでは、わたしの気持ちは伝わらない。

　わたしはリュックからクッキーの缶を取り出し、屋台のカウンターに置く。

「妹の宝箱です。これを羽猫くんに渡しに行きます」

「妹さんは？」

「亡くなりました」

　美鈴さんの目が大きくひらく。

「この箱に入っている宝物は推しである羽猫くんのために妹が集めたものです。妹は羽猫くんが大好きでした」

「妹さんのために神奈川から宮崎まで……。でも、その人は活動を休んでいるんだよね？　見つからないかもしれないし、見つかっても会ってもらえないかもしれない。それでもいいの？」

「かまいません。妹の宝箱を渡したいけど、羽猫くんが会いたくないなら、無理強いはしたくありません。それでも、応援してくれた友達のため、自分のために自力で目的地に行きたいんです」

わたしの言葉を受けて、美鈴さんがまた考える。わたしの無茶なお願いが美鈴さんを困らせてしまっている。

法律に詳しくないけど、中学生のわたしを働かせたら、美鈴さんは捕まってしまうのかもしれない。今までのわたしなら、相手のことを気にして、こんなお願いはできなかった。でも、今のわたしは違う。友の意思を継ぎ、自分の思いを遂げるために、他人に踏み込む。追い返されるかもしれないけど、まずは気持ちをぶつけてみる。自分から動かないとなにもはじまらない。

「宮崎までのバス代を貸すことはできるけど、それじゃ、嫌なんだよね」

「はい。自分の力でお金を稼ぎたいです」

宮崎へ行きたいけど、他力では行きたくない。ボナサンズのふたりと彼女さんに新幹線代を出してもらって博多まで来た。ありがたかったけど、素直には喜べなかった。大人からお金をもらったのでは、わたしはいつまでも子供のままだ。自分で宮崎へ行くと決めたのだから、自らの力で行きたい。

「わかった。働いてもらう。中学生を雇ったら捕まっちゃうから、お手伝いをしてもらうということでいい？　給料はお駄賃としてあげる」

「はい！」

「じゃあ決まり。一緒に片付けよう」

美鈴さんが手を伸ばしてきたので、わたしは両手で握手する。

「移動させるんですか？」

「屋台なんだから当たり前でしょ。引き屋さんに頼む人もいるけど、うちは全部自分でやってる」

食器や調理道具を片付けて長椅子とカウンターを中にしまうと、屋台を引っ張れと美鈴さんがわたしに命じた。働くと決まったときから、美鈴さんが命令口調に変わった。わたしが「客」から「従業員」に変わったからだ。

さっき、わたしは美鈴さんと契約した。美鈴さんは雇用契約書なる一枚の書類を手書きで用意した。身元保証人になる親の名前と連絡先を書き、署名したときは人生の一部が決まったみたいで緊張した。

「わかりました」

屋台の前方に伸びたハンドルの内側に体を入れて全身で引っ張るが、屋台はピクリとも動かない。

「もっと腰に力を入れな」

美鈴さんの叱咤を受けて、駆け出すような前傾姿勢をとり、わたしは手足に力を込める。

車輪が少し回った。後ろを見ると、美鈴さんが屋台を押してくれていた。

「危ないから前を見て！」

真剣な顔をした美鈴さんが前方を指差す。

「はい！」

わたしは顔を上げて、屋台を引っ張る。車輪が一度回りだすと、屋台はスムーズに進んだ。夏の夜の川岸を、わたしと美鈴さんのふたりで屋台を引く。川面には屋台と街の灯りがゆらめいていた。

近くの青空駐車場に屋台を停める。

美鈴さんが手の埃をパンパンとはたく。

泊まるとこあるの？　と訊かれて首を振ると、じゃあ、うちに泊まって行きな、と美鈴さんが言ってくれた。さすがに悪いと断ると、風呂も入らないボロボロの格好で明日客の前に立つ気？　ときつめに言われた。

わたしたちはネオンと提灯が輝く夜の街を歩く。大阪でも同じような繁華街を歩いた。ドレスを着た女の人が男の客と路上で談笑している。

「子供にはあまり良い風景じゃないね」

「子供じゃないから平気です」

隣を歩く美鈴さんが、そう？　という意味を含んだ表情をわたしに見せる。

前方から中年の男がふらふらと歩いてくる。足元がおぼつかないその酔っぱらいが、なにかに引っ張られるようにバランスを崩し車道へ転がる。危ないと思ったが、車が走っていなかったので、男は轢《ひ》かれずに済んだ。美鈴さんが男を蔑むような目で見下ろして、助けることなくその横をすぎる。大丈夫なのかと思ったけど、男は電柱につかまってなんとか立ち上がった。他人に手出しはしないのが、この街のルールなのかもしれない。それなのに、美鈴さんはわたしを助けてくれた。

美鈴さんが向かったのは、雑居ビルの一室だった。そこはベビーホテルで、外で待っていると、眠った子供を抱いて美鈴さんが出てきた。

「娘のタカラ」

タカラちゃんは母親の腕の中ですやすやと眠っていた。タカラちゃんは一歳半だそうだ。重そうだったので、代わりましょうかと声を掛けたが、大丈夫、と言って、美鈴さんはタカラちゃんを抱き直した。

美鈴さんとタカラちゃんの家は、住宅街にあった。大地にしっかりと根差した低層の集合住宅だった。

居間と寝室が繋がったシンプルな間取り。

「狭いけど、楽にして」

美鈴さんが大人用のベッドにタカラちゃんを寝かせた。

座ることなく、美鈴さんがお風呂を沸かし、キッチンで作業をはじめる。

勧められて先に入ったお風呂から出ても、美鈴さんはまだキッチンで明日の仕込みをしていた。五《ご》徳《とく》に載った寸胴からチャーシューを取り出し、様子を確かめる。パソコンを開いて、明日必要な野菜や具材をネットで発注する。取引先に連絡をすると言って、スマホを持ってしばらく外へ出ていた。家に帰ってきても美鈴さんは休むことがない。

手伝いましょうか、とわたしが声を掛けても、労働時間は終わっている、うちはブラック企業じゃないから、と美鈴さんは笑って取り合わない。

お風呂から出て髪を乾かすと、美鈴さんはやっと腰を落ち着け、お茶を一杯飲んだ。ママとパパのように大人は風呂上がりにビールを呑むものだと思っていたが、美鈴さんは禁酒していたんだ。

わたしはようやく周りが見えてきた。美鈴さんの家は、タカラちゃん仕様になっていた。転んでも怪我しないように、床にはコルクのマットがびっしりと敷き詰められていて、半透明の引き出しには様々な色と形をしたおもちゃがしまってある。寝室を占めているベッドの周りにはタカラちゃんが万が一落ちても大丈夫なように、たくさんのクッションが敷かれている。

わたしはベッドで寝ているタカラちゃんに顔を向ける。なにも損なっていない健やかな寝顔を見ていると、どうしてもチイちゃんのことを思い出してしまう。あの日のチイちゃんのことを。

「妹さんのことを思い出してるの？」

わたしの視線に気づいた美鈴さんが尋ねた。

「すいません、タカラちゃんに縁起悪いですよね」

「あなたの妹が縁起悪いわけないじゃん」美鈴さんが真剣な眼差しをわたしに向ける。「妹さんのことをなんでも話して」

「えっ？」

「辛いならいいけど、話してくれれば私は妹さんのことを知れる。妹さんのことを知っている人がこの世にひとりでも増えた方が良くない？」

わたしは、はっとした。チイちゃんの話を今まで避けてきた。マチにも話せなかった。チイちゃんが亡くなったのは、とても辛いことだ。思い出し話すことで、新たな辛さが蓋を開けてしまいそうになる。

でも、それで本当によいのか。チイちゃんが生まれてからわたしはずっと一緒にいた。妹のことをわたしが一番よくわかっている。そのわたしが語らなければ、チイちゃんはこの世から本当にいなくなってしまう。

「わたしの妹は、千佳といいます。わたしはチイちゃんと呼んでいました。わたしはチイちゃんと『お話』をよくしました。わたしは猫のブルワイズ、チイちゃんはカタンという犬のぬいぐるみを操って、ふたりで物語を作りました」

わたしはチイちゃんとの思い出を語った。チイちゃんと一緒に遊んだこと、チイちゃんが好きだった羽猫くんのこと、それらは蠟燭に一本ずつ火を灯すような話だった。

美鈴さんは真剣に聞いてくれた。疲れているのにすいません、と謝ったけど、睡眠よりあなたの妹の方が大事、と美鈴さんは言ってくれた。

美鈴さんに思い出を語ることで、わたしはチイちゃんを弔《とむら》った。

3

重い。

悪夢に苛まれているのかと思ったけど、そうではなかった。ぼやけた頭のまま目を開けると、子供の顔があった。

チイちゃん？　と一瞬思ったけど、違った。

「タカラちゃん、おはよう」

「おきて！　おきて！」

馬乗りになったタカラちゃんが、わたしの頬をぺちぺちと叩く。

昨日は屋台で出会った美鈴さんの部屋に泊めてもらい、タカラちゃんを真ん中にしてベッドに川の字で寝たのだった。

「タカラ、駄目よ、下りて」

すでに起きていた美鈴さんが娘をたしなめる。

わたしは起き上がり、タカラちゃんをベッドに立たせる。

「人見知りしないんですね」

「そうなのよ、誰に似たんだか」

「美鈴さんじゃないですか？」

「私は結構な人見知りよ。今の客商売はダンナの代わりにやっているだけだからね」

「初対面のわたしを泊めてくれました。嬉しかったですけど」

「あそぼ！　あそぼ！」

タカラちゃんがベッドの上でぴょんぴょん飛び跳ねる。

「はいはい」

おもちゃを使って、コルクシートを敷いた居間でタカラちゃんと遊ぶ。タカラちゃんの楽しそうな笑顔を見ていると、チイちゃんを思い出してしまう。昨夜、美鈴さんにチイちゃんのことを話した。話したことで胸のつかえが少し取れた気がした。ずっと胸の奥に沈めていた、じめっとしたものに陽が当たり少し乾いた。

「お話、しよっか」

パンダのぬいぐるみを手で立ててみたけど、タカラちゃんはボールを掴んで、パンダにぶつけた。チイちゃんより幼いこともあるけど、タカラちゃんのほうが活発だ。小さい子供だってそれぞれ性格が違うし、好みも違うのに、子供はみんな一緒だと思ってしまっていた。それでは、自分が喋れるから娘も英語ができると信じているママと同じだ。

「そろそろ行くよ」

朝食をとって、三人で家を出る。おぼつかない足取りだけど、タカラちゃんは最初自分の足で歩こうとする。わたしと美鈴さんが両手を繋ぐと、地面から足を離して、ブランコのように宙で揺れる。タカラちゃんがケラケラと笑う。

タカラちゃんの満面の笑みが、ベビーホテルの建物を見ると一変した。顔を真っ赤にして激しく泣き出し、お尻を地面につき、わたしと美鈴さんで引き摺らないと先に進まなくなった。最後は美鈴さんが無理やり抱えたが、タカラちゃんは背中をのけぞらせて嫌がった。

ベビーホテルの保育士に泣きじゃくるタカラちゃんを引き渡すと、美鈴さんがせいせいした顔をして、屋台を片付けたときと同じように両手をパンパンとはたいた。保育士に身体を押さえつけられ、涙をこぼして激しく首を振るタカラちゃんがかわいそうになった。

「じゃあ、夕方五時に昨日の駐車場に来て。条例で五時までは屋台の準備ができないから。それまでは、どこかで遊んでいてもいいし、部屋に戻っていてもいいよ」

そう言うと、美鈴さんが部屋のスペアキーを渡してくれた。

「美鈴さんはどこに？」

「パチンコ」

美鈴さんは背を向けて手を振りながら、街へ消えていった。

パチンコ屋はこんなに朝早くから営業しているんだ。親はパチンコをやらないので、よくわからない。ボナサンズの針渡が、パチンコのやりすぎでギャンブル依存症になったと語っていた。美鈴さんが少し心配になる。

しゃくり上げて泣いていたタカラちゃんを他人に預けて自分は遊ぶんだと思ったが、昨日ずっと働いていた姿を見たあとだから、悪く言えない。大人だって、休みたいし遊びたい。自分の親といるときは、考えもしなかった。親は外で働き、家で家事をするばかりで、自分のために遊んでいるところを見たことがなかった。

　行くところはないし、美鈴さんがいない部屋で休むのも躊躇われるので、当てもなく街を歩いた。平日の博多の街は働いている人が多いけど、小さい子供を連れている母親もいる。親と一緒に楽しそうにしている子供を眺めていると、自分はすごく遠くまで来てしまったのだと思い心細くなるけど、これは自分が選んだ道なんだと思い直す。

　夕方、駐車場へ行くと、美鈴さんがすでにいた。昨日仕込んでいたチャーシューとスープの寸胴を自宅から持ってきて、屋台へ移していた。

　川沿いの公園までふたりで屋台を引いて、昨日と同じ場所に駐車する。公園内なのに屋台を駐車する区画が定められている。

「博多では申請して承認された屋台だけが営業できるんだ。屋台ごとに水道も電気も用意されていて、排水口だってある」

　美鈴さんが屋台の営業について説明してくれた。

　ふたりで店開きの準備をはじめる。

「夏子、お金を払っといて」

　集金の人が来ると、美鈴さんがわたしに財布を渡す。財布を持つ美鈴さんの指が黒ずんでいた。爪の間にも黒い汚れが残っている。

　財布からお金を取り出し、八百屋さんに野菜の代金を支払う。

石鹸と水で手の汚れを丁寧にすべて洗い落としてから、美鈴さんが野菜を切りはじめた。

準備が終わると、六時になっていた。開店の時刻だ。

今日もお客はあまりこない。たまに仕事帰りの会社員が来るけどスマホを見ながら無言でラーメンを食べたらすぐに帰っていった。お酒を出せば売り上げは伸びるし、お客ももっと来ると思う。この巡礼でわたしが学んだのは、大人はお酒をたくさん呑むということだ。

「他の屋台はみんなお酒を出していますよね」

「うちもダンナがやっていた頃はビールを出していたんだけど」

「ダンナさんは……」

訊いてはいけないと思ったけど、訊かずにはいられなかった。どこかで美鈴さんも話したがっていると感じていたから。

「彼が生きていたら、今とは全然違っていただろうね。私は会社でデスクワークをしていて、この屋台はダンナがひとりでやっていた。自分の店を持つのがダンナの夢でね、まずは屋台からはじめると言って、営業許可証を取得した。だけど、ある日、屋台を片付けて家へ帰る途中で、車に撥ねられて、そのまま帰ってこなかった。轢き逃げ。犯人は逃走中に検問で捕まった。飲酒運転だった」

昨日の夜、路上に転がった酔っ払いを蔑んだ目で見た美鈴さんを思い出す。

「それでお酒を売らないのですか」

「私が売らないからって、この世から飲酒運転がなくなるわけじゃないけど、願掛けみたいなものかな」

寸胴から立ち上る湯気が美鈴さんの顔を曇らせる。飲酒運転のせいでダンナさんを喪《うしな》ったからお酒を売りたくない美鈴さんの気持ちはわかる。だけど、お酒を売らずに売り上げが伸びなければ美鈴さんの暮らしは楽にならない。

「このまま働き続けたら、美鈴さんが倒れてしまいますよ。昨日も夜中までラーメンの仕込みをしていました」

「昼間に遊んでいるからちょうどいいんだよ」

「本当にパチンコしていましたか？　間違っていたらすいませんが、昼間は工場で働いていませんか？　お財布を受け取ったときに、美鈴さんの指が油で汚れていました。工場で働く友達のお父さんが、同じような指をしていました」

わたしの勝手な推理に美鈴さんは怒り出すかと思ったけど、いたずらがばれた子供みたいな顔をした。

「工場じゃなく、知り合いがやっている革小物を作る工房だけどね。昼も夜も働いていると言うと、夏子が心配すると思って、嘘をついた」

「心配ですよ」

「そんなことを言ったって、ダンナがいなくなって、この屋台をひとりで守らないといけないし、タカラも育てないといけない。駆け落ちみたいに関東からここへ来たから親にも頼れない。私が働くしかないじゃん」

「お酒を出せば、売り上げが増えます」

「だから、ダンナが……」

「わたしも轢き逃げ犯を許したくはありませんし、飲酒運転はなくなった方がいいと思います。中学生のわたしは、事故でダンナさんを喪った美鈴さんの気持ちをわかっていないかもしれません。そんなわたしが言っても説得力はないと思いますが、お酒を売ることで、少しでも美鈴さんが楽になるなら、そうしてほしいです……。過去をなくすことはできませんが、過去のせいで大変な思いをしている今の美鈴さんを見ているのは辛いです。もしも美鈴さんが倒れたら、タカラちゃんは……、タカラちゃんは……」

わたしの話を聞いて、美鈴さんが目を瞑る。怒られると思った。これでクビになるかもしれない。

美鈴さんは目を開けると、屋台の壁に貼ってあった「当店はアルコールを提供していません」の紙を剥がして丸めた。

「夏子、コンビニで缶ビールを買ってきな」

美鈴さんが財布をつきだす。

「中学生にはお酒を売ってくれないですよ」

「店員を説得しなよ。いま私にやったみたいにね」

美鈴さんがにやりとする。その笑みは柔らかく、わたしは親指を立てた。

4

「ラーメンいかがですかー。とってもおいしいですよー」

どの屋台に入ろうか迷っている人に、わたしは声掛けをする。やる前は恥ずかしかったけど、大きな声をお腹から一度吐き出したらスッキリして、続けて声が出た。周りの屋台も呼び込みをしていたので、負けずに声を張り上げる。

声を掛けた人が足を止めて暖簾をくぐってくれると嬉しかった。お客が座っていると、それを見た他のお客も美鈴さんの屋台に次々と来てくれるようになった。長椅子が満席になり、お待たせする人も出た。

混雑してくると、わたしも屋台に入って、お客が食べ終わった丼を下げて洗い物をした。買ってきた缶ビールを注文するお客もいたが、ラーメンだけを食べるお客も増えた。堅苦しい「アルコールを提供しない」の張り紙がなくなったことで、寄りやすくなったのかもしれない。美鈴さんのラーメンは味が良いから、ちょっとしたきっかけさえあれば繁盛して当然だ。

途中で、赤ら顔のお客が、お嬢ちゃん、お母さんのお手伝いかい、えらいねえ、と声をかけてきたので、愛想笑いでごまかした。

営業時間が終了した。昨夜より明らかにお客は多かった。

「いやあ、入ったねえ。今日の売り上げは私の代になって最高記録だよ」

売上金を数えていた美鈴さんが明るい声で言った。

「お客さん、ひっきりなしだったから、美鈴さん、疲れたんじゃないですか」

「年寄り扱いはやめてよ。夏子から見ればおばさんかもしれないけど、まだ二十五だよ。お客が来てくれたから、気持ちの良い疲れさ。一番疲れるのは、お客が全然来ないとき。自分が誰からも求められていないのが一番きつい」

片付けを終えると、昨日と同じように屋台を駐車場に停めた。

「缶ビールとラーメンのセットは良いアイディアだったね。『お疲れセット』というネーミングもよかった」

タカラちゃんが待つベビーホテルへ向かう途中で、美鈴さんがわたしのアイディアを褒めてくれた。

「ありがとうございます。わたしだけではビールを売ってもらえず、結局、美鈴さんに助けてもらっちゃいましたけど」

繁華街の道端では、路肩に空き缶を並べて、若い男が缶チューハイをあおっていた。

「大人の人って、お酒が好きですよね。よくあんなに呑めますよね。わたし、グレープジュースは好きですけど、グレープジュースばっかり何杯も飲めないですよ」

わたしは疑問に思っていたことを口にする。

「そうねえ、お酒の味が好きで呑んでいる人もいるだろうけど、酔っ払いたいから呑む人も多いんじゃないかな」

美鈴さんが少し笑ったあとに答えてくれた。

昨夜、路上で転がっていた酔っ払いは正気を失っているように見えた。

「酔っ払うと、正常に考えられなくなるんですよね。記憶を失うっていうじゃありませんか。大人は忘れたいことがたくさんあるんですか？　そんなに大人は辛いんですか？」

わたしにも忘れたくなるような辛いことはある。だけど、中学生であるわたしはお酒が呑めないし、呑みたくない。辛くても大事なことは忘れてはいけないと思うし、忘れたくない。わたしは記憶の一部を埋めて蓋をした。蓋を閉じて見えなくしたのは辛いからだけど、その記憶を忘れてしまうのはもっと辛いから蓋をして残したのだ。

「嫌なことを忘れたくて呑む人もいるけど、それだけじゃない気もするなあ」

ベビーホテルで眠っていたタカラちゃんを引き取り、アパートへ向かう。

「今日はわたしが抱っこします」

昨日と違って、美鈴さんがわたしにタカラちゃんを任せてくれた。仕事をきちんとこなしたことでわたしを認めてくれたのなら嬉しい。

アパートに帰り、明日の仕込みをふたりでこなした。取引先との連絡を終えて、美鈴さんが部屋へ戻ってきた頃には十二時をまわっていた。

「今日は残業させちゃったね」

「楽しかったです」

仕込みの手伝いも今日はやらせてくれた。美鈴さんが手で肩を叩く。肩たたきをしましょうか、と言うと、そんなのさせたらパワハラだ、と笑顔で止められた。笑いが収まると、美鈴さんの顔に疲れの色が差し、そうすると疲労が和らぐかのように、ベッドで眠るタカラちゃんへ顔を向ける。

「美鈴さんは将来お店を持つのが夢なんですか」

「どうしてそう思うの？」

「ラーメン店を開くのがダンナさんの夢だって言っていましたよね。屋台を引いているのはダンナさんの夢を受け継いだからかなって」

「夢なんて持てない。今やるべきことをこなすのに精一杯で、先のことを考える余裕はないよ。今日は夏子のおかげで売り上げが少し良かったけど、いつも基本カツカツだから、昼も夜も働かないといけない。タカラはどんどん大きくなってたくさん食べるし、保育園やら学校やらこれからもっともっとお金が掛かる。子供を育てるにはお金がいっぱい必要なんだよ」

　わたしを私立中学へ行かせるまでに、パパとママはどれだけ働いていくら使ったのだろう。美鈴さんに会う直前に感じた空腹を思い出す。お腹に穴があいてしまったように力が入らず、食べ物のことしか考えられなかった。そんなふうになったのは生まれて初めてで、ということは生まれてから十三年間親は一日三回の食事を一度も途切れることなく、わたしに用意してくれたということだ。

　食べ物だけじゃない。タワーマンションの部屋も今着ている服も全部親が与えてくれたものだ。

その親に心配と迷惑を掛けて、巡礼の旅をしている。チイちゃんを無理やり連れ去ったことは許せない。でも、そもそもどうしてチイちゃんは亡くなったのか。記憶の蓋がガタガタと揺れ動く。

「夏子はまだ若いんだから、夢はあるでしょ？」

「夢はありません。夢を持たないようにしています。わたしはなにもできませんから」

わたしの答えに言葉を続けずに間をおいてから、そろそろ寝ようか、と美鈴さんが言い、ふたりでタカラちゃんを挟んで、ベッドに横になる。

寝つけそうになかった。さっき想像した記憶の蓋が頭にまだ残っている。

「過去を忘れたいんじゃなくて、先をぼやかしたいのかもね」

タカラちゃんを越えて美鈴さんの声が降ってくる。

「さっきのお酒を呑む理由ね。食べ物の好みみたいに、人によってお酒を呑む理由なんて様々かもしれないけど、呑んで笑って喋っていると、先のことがぼやけてくるんだよ。自分の将来がビールの泡で見えにくくなる」

「自分の将来が見たくないんですか？」

「私は今年で二十五になった。夏子は二十五歳の自分がどうなっていると思う？　今と全然違う自分になっていると思うでしょ？」

「今のわたしとは変わっていたいと思います」

「私もね、二十五歳の自分は成長して立派な大人になっていると十代のときは思っていたよ。だけど、いざ歳をとってみると、身体は大きくなったけど、中身はほとんど同じなことに驚いた。学校の廊下で友達とじゃれあっていた私と今の私は大して変わっていない」

過去を懐かしむような目をして美鈴さんが話す。

「中学生の夏子はまだチビだけど、背が伸びてくると先の景色がもっとクリアに見えるようになる。大人になると、自分の未来が見えてきちゃうんだ。会社員だったら、オフィスで近くに座っている先輩や上司と同じような人生を自分も送ることが大体わかってくる。それはそれで安心できるし悪くないのかもしれないけど、先が見えるつまらなさや怖さがある。

未来が見えすぎてしまう怖さだと思う。中学ではしゃいでいた自分がひとりでタカラを育てている。このまま、ずっと働いていられるか不安になることがある。私が病気になれば、途端に生活は行き詰まり、タカラを育てられなくなる。未来が霧の先にぼやけていれば、私は今だけを見ていられる。今働き、今食べて、今眠り、今のタカラと遊んでいられる。先を想像しちゃったら、怖くて動けなくなる」

「そんなに大変なのに、美鈴さんはひとりでタカラちゃんを育ててきたんですよね。尊敬します」

美鈴さんの横顔が真顔になる。

「私ね、タカラを捨てたことがあるんだ」

美鈴さんの信じられない言葉に反応する言葉が出てこず、ただタカラちゃんの寝顔を見ることしかできなかった。

「ダンナが亡くなり、頼れる人が誰もいなくなって、ひとりでは育てられないと思い、タカラを児童相談所に預けた。最初はダンナの分も頑張ろうと、屋台を引き、子育てをしたけど、どんなに頑張ってもラーメンは売れないし、タカラの夜泣きで眠れない夜が続き、徹夜で仕事へ行く日も増えた。このままではタカラに不満をぶつけてしまいそうで自分が怖かった」

「それで施設に」

「これも綺麗事だな。本音を言えば、私は逃げ出したかった。同年代の知り合いが好きなことをしているのに、自分だけが仕事と育児に苦労しているのが嫌でたまらなかった。世の中の大きな流れから取り残されたようで。

　尊敬できないでしょ？　こんなひどい親。夏子のご両親は偉いよ。夏子をここまで育ててきた。今の私は中学生までタカラを育てられるか不安でいっぱい。そんな将来のことまでとても想像できない。

　妹さんのこととか、勉強のこととか、親に反発したい夏子の気持ちもわかるよ。私も親に逆らって博多まで来たからね。でもね、親御さんは夏子を心配して言っているんだと思う。娘を持つ私にはわかる」

　わたしを心配しているとママにも言われたけど、美鈴さんに言われたほうが心に沁みる。

「タカラちゃんが心配だったから、美鈴さんは施設から再び引き取ったんですね」

「タカラのためでもあるけど、自分のためでもあったな。ひとりになって、遊んではみたけどすぐに飽きちゃった。夜中まで馬鹿騒ぎした帰りに、一番したかったことはタカラの寝顔を見ることだった。それに気づいてからが大変だった。一度施設に預けた子供は、すぐには引き取れない。銀行の預金じゃないんだから、好きなときに子供を引き出せるわけがない。私ひとりでタカラをちゃんと育てられることを証明しないといけなかった。今でも児童委員がここへ定期的に様子を見に来る。タカラは覚えていないかもしれないけど、親に捨てられたことが彼女の小さな心を傷つけたかもしれない。最低でしょ」

美鈴さんが息をつく。

わたしは首を振る。頼れる人がいない街で赤ちゃんをひとりで育てることを想像したら、美鈴さんをとても責められない。

「大人だって辛ければ逃げるし、また考えを改めることもある。人生はまっすぐな道じゃなくて、ジグザグしている。今の私はなんとかやっているけど、客が来ない屋台にひとりでいると、自分はどうしてここにいるのか不思議になることがある。将来の不安に押し潰されそうになって、また道を外れそうになる」

「それでも、売り上げが苦しくても、お酒を売らない決まりを守ってきた」

「自分で決めたことだからね。頑固なんだ、私。でも、夏子のおかげで、ふっきれた。自分が決めたルールなんて大したことじゃなかったんだ。ラーメンの麺は硬い方がおいしいと信じて、ハリガネとか粉落としばかり注文する客がいる。麺は硬い方がおいしいと信じているから変えられない。だけど、やっぱりハリガネは硬すぎて麺本来の味がしないよ。軟らかい麺を食べてみればわかる。

私もハリガネを頼むお客みたいに強情だったかも。今日あなたに言われて、自分の信念よりもタカラとの生活を続けることの方が大事だって思えた。なにが一番大事なのか自分では案外わからないものだね。気づかせてくれてありがとう、夏子」

天井を向いているわたしに、美鈴さんの優しい言葉が温かい熱帯の雨のように降り注ぐ。

「わたしの方こそ、お礼を言わせてください。友達と別れてひとりで途方に暮れていたわたしを美鈴さんは助けてくれました。いくら感謝してもしきれません。ありがとうございます」

「夏子……」

ふたりの間にいたタカラちゃんが突然泣き出す。目はあいておらず、完全に起きたわけではなく、寝ぼけているようだ。

「うるさくしてごめんね、タカラちゃん」

タカラちゃんが寝返りを打つ。伸びた手が美鈴さんの顔を殴り、足がわたしの腹を蹴った。

「痛いって、タカラ」

「わたしがママを取ったから怒っているのかな」

「そんなことないでしょ。タカラ、夏子のこと好きそうだったし」

タカラちゃんが首を左右に激しく振り、泣き声が大きくなっていく。ほっぺたが真っ赤に染まってきた。

美鈴さんが部屋の壁を見る。隣人に聞こえていないか心配しているようだ。

わたしはタカラちゃんの肩をポンポンと叩く。ゆっくりと規則的に優しく触れる。

しばらく続けると、タカラちゃんの泣き声が徐々に小さくなっていき、落ち着いてきた。

忙しい両親に代わって、わたしはこうやって幼いチイちゃんを寝かしつけた。チイちゃんの傍で横になり、寝つくまでずっと肩に触れていた。

タカラちゃんに向かって、わたしはお話をした。肩を優しく撫でながら、チイちゃんと共に作った物語を語る。カタンとブルワイズの日常、ふたりが暮らした街の話、穏やかなふたりの日々。

物語が終わらないうちに、タカラちゃんは静かな寝息を立てはじめた。

「ありがとね。助かったよ」

美鈴さんが小声で礼を言う。わたしは無言で首を振る。

「夏子、自分はなにもできないと言っていたけど、こんなすてきな物語を作って話せるじゃない。すごいよ。誰もができることじゃない。本を全然読まない私が、続きを知りたくなった。感動しちゃったよ」

生まれて初めて、他人に感動したと言ってもらえた。頬が熱くなる。お話を褒められるのは嬉しいけど、この物語はわたしだけのものじゃない、チイちゃんと一緒に作りあげたものだ。そのチイちゃんは、もうここにいない。二度と一緒にお話はできない。

「美鈴さん、そっちへ行っていいですか？」

わたしは勇気を出して言う。

「いいよ、おいで」

タカラちゃんを乗り越えて、美鈴さんがタオルケットを持ち上げて作った空間に滑り込む。

「タカラちゃん、ママを借りるね」

わたしは美鈴さんの身体に抱きつく。

美鈴さんがわたしの頭を撫でてくれる。

「夏子は頑張っている。夏子の未来は明るく澄み渡っているよ」

わたしは美鈴さんの胸に顔をうずめた。美鈴さんがわたしの身体と心を優しく包み込んでくれる。美鈴さんの肌は温かく、ミルクの匂いがした。その匂いは懐かしく、忘れていた母の温もりを思い出した。

第四章 ＊ 月の光に浮かぶ絵

カタンの前に新しい街が見えてきました。道の両側に屋台が並び、店主が行き交う人に元気な声を掛けています。

「そこの旅の人、食べていって！」

屋台のおばさんが串に刺さった食べ物をカタンに差し出してきました。

「いただきます！」

カタンは串にかじりつきました。

「とってもおいしいです！」

お腹が空いていたカタンは食べ物を一気に平らげました。

「あんた、お金はあるのかい？」

「ありますよ」

カタンは手持ちの硬貨をおばさんに見せました。

「これじゃあ、その串も買えやしない」

おばさんが呆れました。カタンが持っていた硬貨はこの街では価値が低かったのです。

「おいしかったので、つい全部食べてしまいました。ごめんなさい」

カタンが謝ると、おばさんは、お金がないなら働きな、と言いました。

カタンはおばさんが作る食べ物を売り歩きました。最初は恥ずかしかったのですが、一度大きな声を出すと、次からは人に声を掛けられるようになり、食べ物は少しずつ売れるようになりました。

「あんた、なかなかやるね。うちでしばらく働かないかい？」

すべて売り切ったカタンに、おばさんが言いました。

次の日も、カタンはおばさんの食べ物を街で売りました。毎日続けると、馴染みの客が増えて、売り上げはどんどん伸びていきました。

夜はおばさんの家にあった空き部屋に泊めてもらいました。

街で暮らすうちに、友達もできました。仕事が終わるとカタンは友達と遊び、笑い合いました。

街のお祭りがありました。カタンは友達と屋台でおいしいものを食べました。

夜になると、街で一番高い丘に友達とふたりでのぼりました。丘の下には街の夜景が広がっています。草の上に寝転がると、夜空に花火があがりました。色とりどりの花火がカタンの顔を照らします。

「今までこんなに楽しいことはなかったよ」

カタンは言いました。

「それはよかった」

友達が言いました。

花火とは異なる光が目に入りました。手首にはめたバングルが淡い光の明滅を繰り返していました。バングルの光を見ていたら、カタンはブルワイズを思い出しました。

「ここにいてはいけない。僕には使命がある。荒地の塔へ行ってみんなの夢を取り戻さないと」

「そんなのいいじゃないか。ここは楽しい街だよ。ずっといればいい。さあ、みんなのところへ行こう」

友達がカタンの腕を引っ張ります。

「これは魔物のしわざだ」

「よくわからないな。僕たちは仲間じゃないか」

友達が困った顔をします。

「僕をここに足止めする魔法がかけられている。ここは良い街だけど、僕の街じゃない。いつか出て行かないといけない」

カタンがそう言うと、夜空に咲いた花火が突然消え、丘の下に広がっていた街もなくなってしまいました。隣にいた友達も風に吹かれたみたいにいなくなりました。目の前からは消えてしまいましたが、カタンはこの街と街に住む人たちのことをいつまでも覚えていようと思いました。

カタンは荒地の塔を目指して再び歩きはじめました。

1

ついに宮崎に辿り着いた。終点の宮崎駅でバスを降りて日陰を出ると、半袖から出た腕に日差しがぐさぐさと突き刺さる。大げさではなく本当に肌が痛い。さすが南の島。

島といっても九州は想像よりずっと大きかった。福岡から宮崎までバスで五時間かかった。歩いて行こうとしていた自分に呆れる。わたしが思っているよりも世界ははるかに広い。

美鈴さんとはアパートで別れた。バスセンターまで送ると言ってくれたが、丁重に断った。美鈴さんとタカラちゃんとは少しでも長く一緒にいたかったけど、これからわたしはひとりで行かないといけない。別れを先延ばしにすればするほど決心が揺らぐ。

「二日分のお駄賃。昨日は夏子のおかげで売り上げが多かったから少し上乗せしておいた」

宮崎までバスで行くのには十分すぎる額だった。余分を返そうとしたが、美鈴さんは頑として受け取らなかった。

「なにかあったら、ご両親か私に必ず連絡して。みんなが夏子を心配していることを忘れないで」

そう言うと、美鈴さんはわたしを抱きしめてくれた。

宮崎の街は大阪とも博多とも違っていた。駅に人は少なく、静かな街というのが第一印象だ。

駅から街中へ向かってやたら広くてがらんとしている歩道を進む。

しばらく歩くと、大きな交差点が見えてきた。

この交差点は羽猫くんが目撃された場所だ。買ったばかりのフライパンをぶら下げて、交差点を渡っていた羽猫くんの姿を思い出す。あれから何日も経っているから、彼が今ここにいるはずがない。

自宅から持参した葉書をリュックから取り出す。おばあちゃんからの年賀状だ。宮崎へ無事に到着しても羽猫くんがすぐに見つかるとは限らないので、宿泊場所が必要だ。宮崎にあるおばあちゃんの家に泊めてもらう計画をマチと立てていた。ママに連絡されたら困るので、事前に知らせていないが、おばあちゃんならわたしを受け入れてくれる気がする。

親と来たときは空港からタクシーで行ったから、おばあちゃん家への道順はわからない。

日傘をさした中年の女性が立っているのが見えた。急いで近寄り、年賀状の住所を見せて道を尋ねる。

「ここをまーすぐ行って、川を渡って、その先やっちゃが。てげ遠いから、とても歩けんよ」

「頑張ります、ありがとうございました」

丁寧にお礼して、女性が指差した方角へひたすら進む。

大きな川に架かる橋を通過する。川崎を流れる多摩《たま》川と同じくらいの川幅がある。大きな川を見ると、これだけの水がどこから集まるのか、川の水が絶えることがないのかいつも不思議に思う。

橋を渡り、先へ進む。周りの景色からビルが消えて、背の低い建物が増えてきた。

また橋があった。柱に彫られた川の名前を見たら、さっきと同じ川だ。狐か狸に化かされて同じ場所をぐるぐる回っているのかと思ったけど、橋から川筋を見下ろすと、さっきより川幅が狭い。この川は蛇行しながら海まで流れているようで、同じ川に架かる別の橋を渡ったようだ。狭くなった川幅から着実に上流へ向かって進んでいるのがわかる。ひょっとしたら、おばあちゃんの家の近くを流れるあの小川に繋がっているのかもしれない。

辺りが山と森だらけになり、店も家も消えた。ダンプカーやトレーラーが轟音を立てて車道を走り抜ける。もう歩いている人はどこにもいない。

この道で本当にあっているのか。鋭利な日差しがわたしの体力をごりごり削り続けている。背負っているリュックの紐が肩に食い込む。ここ数日たっぷり歩いたので、筋肉痛で足が思うように動かない。豆ができたのかアスファルトを踏むと爪先が痛み、そこをかばって歩くとおかしな歩き方になり、今度は腰まで痛くなってきた。

分かれ道に差し掛かった。本道から細い道が枝分かれしている。どちらへ進めばいいのだろう。

道の分かれ目に、お地蔵さんが立っていた。このお地蔵さんに見覚えがある。おばあちゃん家へ向かうタクシーの車窓から、赤いよだれかけをしたお地蔵さんが見えた。どうして赤いよだれかけをしているのかとパパに訊いたら、我が子を守ってもらうために親が奉納するんだと教えてくれた。タクシーはお地蔵さんがいた道を曲がった。

お地蔵さんのおかげで、道がわかった。お地蔵さんにお礼をして、わたしは細い道へ入る。自動車が一台やっと通れる道幅しかない。急な斜面が続き、自分の身体がいつもよりも重く感じる。スニーカーの中で豆が潰れたのかひどく痛む。上り坂が、うっすら残ったわたしの体力を削り取る。

立ち止まって息をふうと吐くと、頭ががくりと揺れた。倒れないように、足を前に出そうとするが、思うように動かず、尻餅をつく。その場に倒れて、アスファルトに頭を打つ。坂を転げ落ちそうになった。

身体が重い。しんどい。頭と腰が痛い。太陽に照らされた地面の熱が、わたしの頬を炙り、靴底を溶かす。喉が渇きすぎて、痺れたみたいに舌に力が入らない。

熱中症？　それとも脱水症？　水分をろくに取らずに、ずっと歩き通しだ。福岡で買ったペットボトルのお茶はとっくに飲み干してしまった。周りは山ばかりで、コンビニも自動販売機も見当たらない。

こんなに長く歩くなら、もっと多くの水を用意しておくべきだった。先を考えた準備も、自分の健康管理もわたしはできていない。美鈴さんの仕事を手伝って得たお金を使い宮崎までひとりで来られたことで、少しだけ大きく育っていたわたしの自信が急速に萎《しぼ》みはじめる。でも、ここに座っていても、誰も助けてくれない。泣き叫んでも誰も手を差し伸べてはくれない。わたしはわたしの力でやり遂げないといけない。

わたしは立ち上がり、山道を進む。上下左右から聞こえる蝉の大合唱が、か細く残ったわたしの気力を押し潰そうとする。今のわたしには蝉たちの短い恋に共感する余裕がない。

しばらく歩くと、峠を越えたのか、下り坂になった。足は楽になったが、坂を下る衝撃で潰れた豆が激しく痛む。脱水症状による頭痛と混ざり、頭の先から爪先までがズキズキと痛み、一体どの症状でどこが痛いのかわからなくなる。まともに考えることができず、ただ足を動かす人形と化した。

頭がふらふらする。抑えがきかず、つんのめるように足が前へ前へと勝手に進む。

加速がついて倒れると思ったときに、平坦な場所に出た。苔むしたガードレールの先に、水の音がした。小川だ。ガードレールの下を小川が流れている。

水だ。近くに架かる石橋とガードレールの隙間から、草むらを滑るように小川のほとりへ下りる。靴が汚れるのも気にせず、土に足をめりこませ、重心を固定して、腕を川面に伸ばす。両手で作った皿に水をすくい、口元へ運ぶ。夏とは思えない冷たい水が喉を過ぎる。

わたしは何度も川の水をくみ、夢中で飲む。身体中に水が染み込んでいく音が聞こえる気がする。

干からびていた頭が動き出し、周りの風景と過去の記憶が重なりはじめる。

この景色に見覚えがある。わたしとチイちゃんが遊んだあの小川だ。間違いない。

橋の欄干に手をかけ、石橋の上に立つ。橋の先におばあちゃんの家が見えた。

2

畳の部屋に置かれた円卓にフライドポテト、ハンバーグ、唐揚げが並ぶ。

「わたし、もう中学生だから、煮物とかも食べられるよ」

「これは私の好物さ。年寄りは肉や油物を食べないと思ったのかい？」

ふんという顔をして、おばあちゃんがお茶碗にハンバーグを載せて、ご飯と一緒にかきこむ。昔からおばあちゃんは口が悪い（会えばママと口喧嘩ばかりしている）。でも、わたしはなんでもはっきりと言うおばあちゃんが好きだ。

わたしも唐揚げを口にする。とんでもなくおいしい。川崎のスーパーで買う唐揚げとは、まるで別物だ。そういえば、おばあちゃんの家で食べるご飯はいつもおいしかった。

「とってもおいしいよ」

「そりゃあ、そうさ。地面を走り回っていた平飼いの地鶏だからね、都会の鶏肉と一緒にしないでおくれよ」

なにを当たり前のことを言うんだという顔をおばあちゃんがする。

石橋を渡り、家のブザーを鳴らすと、玄関の引き戸がガラガラと開き、おばあちゃんが出てきた。

　夏子です、と挨拶すると、上がんな、とすぐに言って、なにも聞かずに家の中へ入れてくれた。おばあちゃんの家は昔から変わっていないように見えた。歩くとキーキーと音が鳴る縁側も、室内をぼんやりと照らす無地の障子も、親戚全員が入れそうな畳敷の広間も、二年前に訪れたときと変わっていなかった。

　麦茶を飲んだら風呂へ入りな、その間に食事の支度をするから、というおばあちゃんの言葉に従い、緑色のタイルを敷き詰めた真四角の浴槽に浸かった。昔より狭く感じるけど、お風呂が小さくなったわけではなく、わたしが大きくなったのだ。中身が成長したかわからないのに、外見だけが大きくなった。

　中学生だから、新幹線もバスも大人料金だった。小学校を卒業してから半年も経っていないのに、肩書きが中学生になっただけで、わたしを大人扱いする。子供扱いされると怒る癖にこういうときは子供ぶりたくなる。我ながら勝手だ。

「どうしてひとりで来たか訊かないの？」

　食べ終わり、お腹が満たされて元気になったわたしは、おばあちゃんに尋ねる。

「誰かに言われたわけじゃなく、夏子は自分の意思でここへ来たんだろ」

　わたしは頷く。

「じゃあ、それでいいじゃないか。夏子がいたいだけ、いればいい。部屋はいくらでもあるし、ひとり分もふたり分も料理の手間は大して変わらない」

おばあちゃんが食後のお茶をぐいと飲む。

「ありがとう。でも、わたしがここへ来た理由だけは説明させて。わたしはママたちに内緒でここへ来たの。家出じゃないのよ。この宮崎でやることがあるの。それはね、ある人を捜し出して会うこと」

「居場所はわかるのかい？」

わたしは首を振る。

「宮崎がいくら田舎だからって、人ひとり見つけるのは容易じゃないよ。なんて名だい？」

「羽猫くん」

「そいつは猫かい？」

「人間。異次元アイドルね」

「インゲンあえ丼？」

おばあちゃんの反応が面白くて、わざとわからない用語を使ってみた。

「すたぱれのメンバーなんだ」

「新しい野菜の名前みたいだけど、グループサウンズなんだろ。ザ・スパイダースみたいな。居場所がわからないのに、どうやってその猫を見つけるんだい。路地裏でも捜す気かい？」

「街の交差点で目撃した人がいるんだ。さっきその交差点へ行ってみたけど、いなかった」

「そいつは大人の男だろ。街をほっつき歩くのは昼間よりも夜だな」

「お酒を呑むために？」

「まあ、そんなもんだね」

「夜に街を歩いていたら、補導されちゃうよ」

「わかった。じゃあ、私が猫捜しに協力してやるよ。その代わりに、まずは私の仕事を手伝ってもらう」

「仕事？　おばあちゃん、なにしているんだっけ」

おばあちゃんが仕事をしているとは初耳だ。家事のことかな。

「あれだよ」

おばあちゃんがわたしの背後を指差す。振り返ると、おばあちゃんの長い爪の先に床の間に飾ってある器があった。壺みたいなその器は赤黒く、ヒビがたくさん入っていた。

3

朝の五時、おばあちゃんに起こされた。旅の疲れが残っていて、まだ寝ていたかったけど、ここはおばあちゃんの家だ。居候の身で文句は言えない。

畳敷きの広間には、家のあちこちから光が注がれていた。縁側の障子、台所の高窓、おばあちゃんの家は外にひらかれている。タワーマンションでは常に一方向からしか光が入らなかった。

夕食は洋風だったけど朝食は和風。鯵の干物に、大根おろし、漬物、ひじきの煮物、こんもりと盛り付けられた白ご飯。

「いただきます」

向かい合わせに座るおばあちゃんと一緒にわたしは手を合わせる。やっぱりおいしい。一人暮らしなのに、おばあちゃんはいつもこんなしっかりとした朝食をつくっているのか。

おばあちゃんの旦那さん、つまりわたしのおじいちゃんは、わたしが小さい頃に亡くなったので、会った記憶がない。女ばかり三人いる子は全員この家を出て東京や大分に住んでいる。わたしのママ、愛子《あいこ》は長女だ。

だから、おばあちゃんは、この広くて余白が多い家にひとりで住んでいる。周りに民家は見当たらなかった。こんな山の中にひとりで暮らしていて寂しくないのだろうか。そういえば、ママとパパがおばあちゃんと同居する話をしていた。元気がなかったと、正月におばあちゃんと会ったママの妹が話していたからだ。目の前でご飯を食べているおばあちゃんは健康そうで、身の回りのことを自分でこなせるように見える。同居の話は、ママたちの取り越し苦労だと思う。

わたしの背後にある床の間には、ひびを継いだ壺が飾ってある。昨夜、仕事を手伝ってもらうと言ったときに、おばあちゃんが指差した壺だ。あれが仕事というのはどういうことで、わたしはなにをすればいいのだろう。

「出掛けるよ」

朝食の片付けを終えると、おばあちゃんがわたしを呼んだ。

おばあちゃんは農作業をするような服を着込んでいる。長袖のトレーナーとだぼっとしたモンペパンツに麦わら帽子を被っている。

半袖姿のわたしを見て、うさぎちゃんをプリントしたピンクのトレーナーをおばあちゃんが貸してくれた。やたらダサいけど、ママのお古だそうだ。この服を着ているママを想像したら吹き出しそうになった。

部屋の外へ出ると、夏とは思えない清々しい空気が流れていた。余計なものを山の樹々に漉《こ》されて澄んだ風がわたしの頬を撫でる。

おばあちゃんが家の裏山を登りはじめる。小さな背中に水筒がささったリュックサックを背負っている。

おばあちゃんに続いて、人に踏み固められてできた粗雑な山道を歩く。傾斜がきついので、近くに伸びる木に摑まりながら、少しずつ登る。

朝から蟬が鳴いている。たっぷり栄養補給したから、蟬の短い求愛に頑張れとエールを送る余裕が今日のわたしにはある。

道を外れた場所に足を踏み入れると、倒れた草からバッタやイナゴらが一斉に飛び出してきて、わたしを驚かせた。

ひょいひょいと登っていくおばあちゃんに、息を切らしつつなんとかついて行く。なんの標識もないのに、慣れ親しんだ場所へ向かうみたいにおばあちゃんの足取りはたしかだ。

「おばあちゃん、どこへ行くの？」

童話に出てくる少女みたいな台詞でわたしは尋ねる。

「ついてくればわかるよ」

振り向きもせずにおばあちゃんが答えた。

斜面を登りきると、なだらかな尾根に着いた。そこからは尾根伝いに進む。

そろそろ足の豆がまた潰れそうな嫌な予感がしたときに、おばあちゃんが立ち止まった。

おばあちゃんが少し低くなった場所を見下ろす。

そこは不思議な場所だった。まわりは林に囲まれているのに、そこだけ木が生えておらず、平坦で赤茶色の土が露わになっている。長方形の土地の四隅には白木の柱が立つ。

「畑？」

「こんな陽が当たらない場所じゃあ、もやししか育たないよ。都会育ちの子はなにもわかっていないね」

たしかに高い木に囲まれているから日光は当たりにくい。じゃあ、ここはなんなのだろう。

おばあちゃんが土の崖をゆっくりと滑るように下りていく。

「ほい」

盛り土に刺さっていた鍬《くわ》みたいなものをおばあちゃんがわたしに渡す。

「なにをすればいいの？」

「ここを掘るんだよ」

当たり前のことのようにおばあちゃんが答える。

「掘る？　なにを？」

まるで花咲か爺さんみたいだ。地面の下に大判小判がざっくざっく眠っているのか。

「決まっているだろ、土器だよ、土器」

昼になると、樹々に阻まれた狭い空にも太陽がようやく進入してきて、ボリューム満点の日光を頭上から浴びせる。ママのピンクのトレーナーを着ていなかったら、腕が焦げていただろう。

わたしは久々に伸ばした腰を拳で叩く。若さいっぱいの中学生でも、ずっとしゃがんでいれば、腰だって痛くなる。

おばあちゃんには、鍬みたいな道具で土を削れと言われた。

「硬いものが当たったらすぐに知らせるんだよ」

中腰に構え、棒の先に三角形の鉄の刃がついた道具を使って、地面を撫でるように土を削る。普段とは違うポーズをずっとしているので、午前中作業しただけで全身から苦情が殺到した。

朝から掘っているけど、刃に当たるのは土ばかりで、たまにカツンと音がしても、小石が顔を出しているだけだった。

少し離れた場所でおばあちゃんが木でできた櫛《くし》みたいなもので、まるで娘の髪をすくように土を優しく撫でている。

おばあちゃんの目は真剣そのものだ。迂闊に話しかけられない凄みがある。夜明け前の公園で漫才の練習をしていたボナサンズ、屋台でラーメンを作る美鈴さんの姿と重なる。

おばあちゃんは多くを語ってくれなかったけど、床の間に飾ってあったつぎはぎだらけの壺はここから出土したものらしい。ということは、ここは本物の遺跡なんだ。遺跡というのは、国とか大学が管理していて、普通の人が勝手に発掘してはいけないような気がするけど、大丈夫なのだろうか。

「飯にするよ」

適当な倒木に並んで座り、遺跡を見ながら、おにぎりを食べる。おかずはたくあん。素朴なお弁当だけど、朝早くから朝食とお弁当を作ることがどれだけ大変なことなのか、食べ物は自然と湧き出てこないことをこの旅で理解したわたしは文句を言わずにありがたく食べる。

「遺跡って、素人が勝手に掘っちゃいけないんじゃないの？」

さっき気になった質問をおばあちゃんにぶつけてみた。

「ここはじいさんのご先祖様から受け継いだ山だよ。今は私の庭さ。庭いじりをしてお上に文句を言われる筋合いはないね」

「この山全部がおばあちゃんのものなの？」

「そうさ。昔はもっとたくさんの山がうちのものだったが、道路をつくるから欲しいと言われて売っちまった。残ったのが、この山とあの家さ」

わたしは辺りを見回す。この高い樹々も、あの遺跡も、ここに見えるものすべてがおばあちゃんのもの。タワーマンションの部屋とどちらが高価かわからないが、わたしは山の方が好きだ。

「この山が欲しいかい？」

「いらない。この山はおばあちゃんの山だし、ここに住んでいないわたしもママも受け取る権利はない」

「じゃあ、私が死んだら、どうすればいいのさ」

「自然に帰せばいいんじゃない。大昔は誰のものでもなかったんだから」

わたしが言うと、おばあちゃんがにんまりと笑った。

「おばあちゃん、この前来たときは土器を掘っていなかったよね」

おばあちゃんが電話に出ないとママが不満を漏らしていた。昼間は発掘作業をしていたから、おばあちゃんは家にいなかったんだ。

「山というのは、たまに手を加えてあげないといけないのさ。台風が来れば木は倒れるし、雨が続けば地滑りが起きる。今年の春の長雨で崩れた箇所を見にきたら、硬そうなものが土から顔を出していた。それを見つけたのがさっき掘っていた場所だよ」

おばあちゃんが遺跡を顎で指す。

「最初は石かと思ったが、拾ったら違った。ざらざらしていて、焼き物みたいだった。詳しい人に見てもらったら、縄文《じょうもん》時代の土器だというんだ。それで、周りを掘ったら、同じような欠片が次々と出てきた。お役所に連絡したら、専門家が来て調査してくれたよ。少しの土器は出てきそうだが、住居跡などの遺構はないから、本格的な発掘調査は不要という話だった」

「見つけた土器はどうなるの？」

「落とし物扱いになるそうだ」

「古代人が土器を落としたってこと？」

「現代人かもしれないよ。まあ、こんな山奥に土器を忘れたと届け出る人なんていないから、掘り当てた土器は土地の所有者である私のものになる。私は素人だけど、役所から大学の先生を紹介してもらってね、先生の助言を聞きながら、ひとりで発掘作業を続けているのさ」

　おばあちゃんがわたしの顔を見て、次に遺跡へ愛おしそうな顔を向けた。おばあちゃんにとって、この遺跡は孫みたいなものなのかもしれない。

4

　発掘作業のために翌日も山に入った。山中では、昨日踏んで倒した草が立ち上がっていて、掘った土は夜の間に少しだけ元の形に戻っていた。

　三日目に初めて土の中から小さな破片を見つけた。

「間違いなく土器だよ。夏子、でかしたね」

　おばあちゃんがわたしの肩を叩いた。それはとても小さく土にまみれていたけど、表面がざらりとしていて、間違いなく人の手が加わっていた。古代の人が土を捏《こ》ねて、火で焼いて作った土器の欠片だ。数千年の時を経ても、人の痕跡が消えていないことに、わたしは驚く。手のひらにちょこんと載る縄文人の証を愛しく見つめる。

　わたしがこの時代に生きていた証を、数千年後に生きる人は見つけることができるだろうか。なにも生み出さなければ、いくら科学が発達した未来人でもわたしの生きた痕跡を見つけることはできない。土器の破片が残っていたから、古代人が生きていた事実をわたしは知ることができた。

　わたしもなにか残したい。わたしだけじゃない、チイちゃんが生きていた証も。真新しい仏壇が、生きた証とは思えない。では、それがなにで、なにをすれば残せるのかわからない。

発掘作業の合間に、わたしはできる限り山を歩いた。家の前を流れる小川を見て回った。チイちゃんを助けたときのように羽猫くんが通りかかるかもしれないからだ。だけど、羽猫くんの姿を見かけることは一度もなかった。

　四日目の夜、出かけるよ、と言い、おばあちゃんが軽自動車を出した。

「夏子は働いて土器を見つけた。今度は私が約束を果たす番だ」

おばあちゃんの車で街の中心へ向かった。ずっと山の中にいたから、久々に見る街の光は眩しすぎて直視できなかった。

　羽猫くんが目撃された大きな交差点に車が差し掛かる。夜に来るのは初めてだ。昼間と違い、人がたくさんいて、光る街のどこかを目指して歩いているけど、その中に、羽猫くんはいない。

おばあちゃんがコインパーキングに車を停めた。そこは繁華街に近く、ビルから突き出た飲み屋の看板が縦に並んでいた。大阪、博多で見た光景だ。中学生の自分が日本中の繁華街を歩き回っているのが、おかしく思えた。マチはこの旅を推しの巡礼と名付けたけど、これでは盛り場の巡礼だ。

宮崎の大人たちもやっぱりお酒が好きで、赤ら顔の人が道で陽気に歌っていた。

「おばあちゃんがいなかったら、わたし、補導されちゃうね」

「大丈夫。夏子は大人っぽいから、ここで働くこともできるさ」

おばあちゃんがふふふと笑った。飲み屋ばかりのこの街で中学生が働ける場所があるのか、わたしは首をひねる。

わたしの困惑をほっておいて、いつ建ったのかわからない遺跡のような雑居ビルにおばあちゃんが入る。古くて酒臭いエレベーターに乗る。

エレベーターを降りると、短い廊下の先に『ラウンジ　カサノヴァ』というプレートがついた扉があった。重たい扉を開けると、中は別世界だった。うす暗い店内にミラーボールが回り、光の星をばらまいていた。店の中は、背の高いソファで区切られていて、いくつかのブースでは綺麗な女性が男性客と談笑している。ドレスを着た女性は博多の路上でも見かけたけど、店で接客している姿は初めて見た。まるで古くからの知り合いのように男性客の肩を叩いて、着飾った女性が大きな口を開けて笑っている。

「ママを呼んでちょうだい」

近くに寄ってきた黒服の若い男におばあちゃんが言う。

頭を下げた黒服が引っ込み、しばらくして奥から女性がひとり現れた。

とても大きな女の人だ。カーテン一枚ほどの布を使ったドレスを巻き、本当は大きいのだろうけど小さく見える宝石のついたネックレスを首から垂らしている。おばあちゃんよりは若そうだけど、化粧が濃くて、本当の年齢はよくわからない。

「松下《まつした》さん、久しぶりじゃない。生きていたんだね」

大きな女性が嬉しそうな顔をして言う。松下は、ママの旧姓だ。会社では今でもママは松下愛子だ。

「そう簡単には死なないよ。まだやることがあるからね」

「そちらのかわいいお嬢ちゃんは」

「私の孫娘さ」

「松下さんの！　へえー」そう言うと、店のママさんがわたしの身体を値踏みするみたいな目でじろじろと見る。「松下さんに似て別嬪《べっぴん》さんだねえ。この子なら今日からでもお店で働けるよ」

「だろう？」

おばあちゃんが応じると、ママさんがスーパーで特売品を見つけたような顔をする。

わたしはここで働かされるのか。知らない男の人の隣に座ってお話をしたり、お酒をつくったり。

「すいません！　わたしは働けません！　いえ、このお店が嫌なんじゃなくて、大阪でも博多でも見てきましたから、こういうお仕事があるのは知っていますけど、わたしはまだ中学生ですし……。おばあちゃん、食費が掛かっているのは申し訳ないけど、発掘でも家事でも他の仕事ならなんでも一生懸命しますから許してください！」

わたしが焦り顔で話すと、おばあちゃんとママさんが顔を見合わせて一呼吸したあと、大爆笑した。

「冗談だよ。この店で働けなんて言わないから、安心おし」

「未成年の子を雇ったら、あたしがお縄になるよ」

ママさんが、だぶだぶのドレスの袖から突き出した左右の手首をくっつける仕草をする。

わたしたちは空いているブースに腰を下ろす。黒服の人が烏龍茶の入ったグラスを三つ運んできてくれた。

「松下さんと旦那さんには昔、世話になってねえ」

ママさんが感慨深げに言う。

「おじいちゃんはなにをしていたんですか」

「警察官だよ」

知らなかった。警察と聞いて、わたしはどきりとした。

「当時この辺りにはタチの悪い暴力団がはびこっていてね、みかじめ料をとられたり、法外な値段でおしぼりを買わされたり。あたしは店を持ったばかりで、奴らに目をつけられたけど、松下さん夫婦が親身に相談に乗ってくれてね。旦那さんが率先して、えげつない奴らを街から追い出してくれたのさ」

「おじいちゃんがお巡りさんだとは知りませんでした」

「夏子ちゃん、あなたのおじいさんは立派な人だったんだよ。定年まで勤めて、最後は署長さんにまでなった。ここにいる松下さんも凄い人だよ。東京から嫁いできて、知らない土地で看護師として働いて、たくさんの患者を助けた。あんたは、そのふたりの血をひいている。将来、偉い人になるよ」

ママさんが、わたしの肩を抱いて揺らす。おばあちゃんは看護師だったんだ。それも知らなかった。

「でも、わたし、なにもないんです。夢もないですし。それなのにアイドルを捜す旅をして、多くの人に迷惑を掛けてしまいました」

「夏子はまだ十三歳だろ。小さいときは周りに迷惑を掛けて当たり前だ。大きくなってから少しずつお返しすればいい。なにもないって、決めつけるには早すぎる。若いときは、私もなにもできなかったよ」

「おばあちゃんも？」

「ああ、東京の実家にいたときはなにも知らない小娘だった。その娘が、たまたま遊びに来た宮崎で財布を落として、交番勤めのじいさんに出会って、人生が変わった。それまでの私は、自分の飯も作れない女だった。それでもここで暮らして、三人の娘を育てた。どうだい、私の娘は？」

「元気です。ちょっと強情なところがありますが」

「ははは、それは私の娘だからね。夏子、先のことなんて誰にもわからないが、なんとかなるもんさ。わからないってことは決まっていないということ、将来なんでもできるってことだよ」

「おばあちゃんになってから考古学者になることもできる」

「そうだね」

おばあちゃんが頷くと、ちょっとお手洗いと言って席を外す。

「松下さん、元気になってよかったわ」

おばあちゃんの背中を見送りながら、ママさんが呟く。

「おばあちゃん、元気がなかったんですか？」

わたしが知っているおばあちゃんはいつも精力的で、疲れたところを見たことがない。

「旦那さんが亡くなった後は抜け殻みたいだった。退職したら、海外旅行すると言っていたのに、定年になってしばらくすると旦那さんは病気になってね。長い闘病の末に、先立ってしまった。松下さんは落ち込んで、あの山の家から出てこなくなったのよ」

「わたしが遊びに来たときは元気でしたよ」

「心配かけないように孫の前では元気にしとるもんよ。でも、春あたりだったかな、縄文式土器っていうんだっけ、あたしは学がないからわかんないけど、それに夢中になると、また元気になって、ここにも遊びに来てくれるようになってね」

　ママさんが安心した面持ちで話す。

「私の悪口を言ってんじゃないだろうね？」

　戻ってきたおばあちゃんが軽い口調で勘繰る。

「違うわよ。それより、松下さん、なにか頼みごとがあると電話で言ってなかった？」

「そうそう。この歳になると、最近のことを忘れちまうのが玉に瑕《きず》だねえ。さっき夏子が話していたアイドルを捜して欲しいんだ。顔が広いあんたなら見つけられるだろう。夏子、説明してやんな」

　わたしは、すたぱれと羽猫くんについて説明した。ママさんに借りたスマホで検索して、例の横断歩道の写真を見せる。

「この男ね。任せておいて。きっと見つかるよ。この街のことなら、なんでもわかるからさ」

　ママさんが大きな口に力を込めて、胸を張った。

5

　考古学者になったような日々が続いた。昼間は土を掘り、土器を探した。夜は出土した土器を洗って、分類をした。わたしはこの作業が好きになった。大地を掘っていると、誰も知らない地球の秘密にアクセスしている気がして、出土した土器の文様を指でなぞると、縄文人のささやきが聞こえる気がした。

　最初はきつかった山登りにも慣れた。息が切れることはなくなり、筋肉がつき足腰が強くなった。小学校高学年になったときに、自分の身体が勝手に変わっていくのが少し怖かったけど、今の変化は自然と受け入れられる。

　雨が降ると、わたしとおばあちゃんは作業には行かずに、家の中で雨音を聞きながら、お菓子を食べて過ごした。翌日、山へ入ると、丸洗いされたみたいに木の葉が綺麗に磨かれていて、山肌のところどころに滝ができていた。

　山や川を歩き回ったが、羽猫くんは見つからなかった。捜索に夢中になり、山中で日が暮れてしまったときは、夜の山へは絶対に踏み入ってはいけない、とおばあちゃんにきつく叱られた。

山だけじゃなく、おばあちゃんと一緒に見て回った夜の繁華街にも、羽猫くんはいなかった。

わたしは次第に焦ってきた。目的を遂げられないまま日々が過ぎ、夏の終わりが近づいていた。日中はまだ暑いけど、日陰に入ると、身体の奥を冷やすような風を感じることもある。

もう何日も家をあけているけど、パパとママから連絡はない。ふたりはわたしをまだ捜しているのか。それとも、わたしのことはもう忘れてしまったのか。

　マチはどうしているだろう。新大阪駅で別れてから連絡をしていない。マチの声を聞いたら、ひとりで頑張る決心が揺らいでしまいそうだから。

　作業から戻ると、家の奥で電話が鳴った。おばあちゃんの部屋にある電話に出ようとすると、おばあちゃんが自分で受話器を取った。親しい相手のようで、おばあちゃんの口調は軽やかだ。

「うんうん、わかった、わかった。ありがとう。世話になったね」

　そう言うと、おばあちゃんは受話器を置いて、わたしを向いた。

「猫が見つかったよ」


　電話の相手はカサノヴァのママさんだった。ママさんは、東京から来た若い男が漁港で働きはじめた話を常連客から聞いた。交差点を歩く羽猫くんの写真を見せたところ、間違いなく同一人物だとその客は断言した。

　意外だった。山中を流れる小川で出会ったから、てっきり山が好きなのだと思い、おばあちゃんの家の周りを中心に捜してきた。漁師になりたい話は聞いたことがないけど、海が近い宮崎に引っ越して興味が移ったのかもしれない。

　いつものように発掘作業をした後、昼過ぎにチイちゃんの宝箱を持って、おばあちゃんの軽自動車で港へ向かった。

　漁港にある小さな事務所を訪れると、新人さんは漁船の整備をしていて不在だった。小一時間ほどで戻ってくるそうなので、事務所の外でチイちゃんの宝箱と一緒に待つことにした。

夕方に移る直前の空はひときわ輝いていて、埠頭《ふとう》の先に広がる海面では無数の光の粒子が小魚のように絶えず跳ねている。

もうすぐ羽猫くんに会える。わたしは感慨に浸る。ここまでたくさんのことがあった。蛹のような箱に入って、工場長のトラックで高速道路を走った。大阪ではボナサンズのふたりに助けられた。福岡では屋台を引く美鈴さんの優しさに救われた。

そして、マチ。マチがいなかったら、わたしは巡礼の旅に出られなかっただろう。

まもなく現れる羽猫くんにチイちゃんの宝箱を渡したらこの旅は終わる。

長い影をこちらに伸ばして、港から漁師たちが戻ってきた。

ゆらゆらと揺れる黒い影を見ていたら、わたしは突然不安になる。本当にわたしが羽猫くんに会っていいのか。チイちゃんの代わりに宝箱を渡していいのか。

気持ちの揺らぎを否定するように、わたしは首を振り、背筋を伸ばして、近づいてくる影を岸壁で待つ。


いつものように洋風の夕食をとり、交代でお風呂へ入る。

先にお風呂を出たおばあちゃんは縁側で夕涼みをしている。蝉たちの求愛が終わり、秋の虫たちがやっぱり求愛のために羽を擦り合わせる音色が庭に響く。この世界は愛の歌で満ちているが、その愛はわたしには届かない。

わたしはおばあちゃんの隣に座り、縁側に素足を垂らす。わたしが来ると、警戒した虫たちは一瞬音を止めたが、わたしが危害を加えないとわかると、すぐにまた奏ではじめた。

虫たちの音色の合間に、小川のせせらぎが聞こえる。

傍では蚊取り線香の煙がたなびいている。おばあちゃんは浴衣を着た自分の胸をうちわであおぎながら、わたしを一瞥する。

「今日は人違いだったけど、いつかきっと会えるさ」

おばあちゃんがわたしに優しい声を掛けるが、その言葉はまっすぐ届かず、わたしの心をかすめる。

港で働いていたのは、羽猫くんではなかった。カサノヴァのママさんが見つけてくれた人は羽猫くんより年上で、全くの別人だった。

街も山も捜したけど、羽猫くんは見つからなかった。小さいといっても何十万人が暮らす街で、人を捜すのが無謀だったのかもしれない。もう東京に戻ったのかもしれないし、そもそも交差点で撮影されたのが別人だったのかもしれない。

「うん」

わたしは弱々しく頷く。

「本当に夏子はその猫に会いたいのかい？　この家に来てからその男の写真を一度も眺めていないじゃないか。そんなに好きな男の顔なら毎日拝みたいもんだろ」

浮かない顔をしているわたしを見て、おばあちゃんが尋ねる。

「実はね、おばあちゃん、羽猫くんを好きなのはチイちゃんなの」

「千佳……」

その名を聞いて、おばあちゃんが神妙な顔をする。

わたしは部屋からクッキーの缶を持ってくる。

「チイちゃんは大切なものを宝箱に詰めて大事にしていた」

蓋を開けると、二つ折りの画用紙と折り紙やビーズのブレスレットが現れた。

チイちゃんが残した絵を広げて、おばあちゃんに見せる。明かりがない縁側は暗く、おばあちゃんが細めた目を画用紙へ近づける。羽猫くんが描いた彼のキャラクターが紙の左側にあり、右側にチイちゃんが描いた本人の顔がある。羽猫くんは鉛筆の細い線で描かれていて、チイちゃんの顔はクレヨンで描いてある。

「チイちゃんは隣に自分の顔を描いて、いつも一緒にいたいと思うほどに羽猫くんが大好きだったの」

「千佳は絵がうまいね」

「そう、チイちゃんは絵が上手だし、お話を作るのも上手だった」

「千佳はいい子だよ」

わたしはこくりと頷く。

「チイちゃんは大好きだった羽猫くんにこの宝箱をあげたかったと思う。だから、羽猫くんを捜して、亡くなったチイちゃんの想いを遂げたかった。そうしないとわたしは先へ進めない」

話しながら、目が潤んできた。悲しいとも悔しいとも違う、自分の無力さとままならない現実の辛さによって涙が滲んできた。

「夏子、亡くなった人の想いはわからないもんだよ」

おばあちゃんがこの世の真理を伝えるような厳かな声で話しはじめる。

「私はね、じいさんと四十年一緒に暮らした。朝も夜も毎日顔をつきあわせていた。そのときは、じいさんのことはなんでもわかると思ったもんだ。夕飯にコロッケをだすと、今日コロッケが食べたいとよくわかったな、と言って喜んでくれたもんさ。だけどね、本当にそう思っていたかわからないし、亡くなった今はあの世でなにを考えているかまったくわからない。じいさんの心が見えなくなってしまった。私は毎日土器を掘りに山へ入っているけど、生き甲斐ができたことを喜んでいるのか、危ないからやめろと思っているのか、何十年も一緒に暮らしてきたのに、じいさんの心が見えないんだよ。それは寂しいことではあるけど、亡くなった人の想いを想像して、そのために生きるのは危ういことでもあるんだ」

おばあちゃんが隣のわたしを見る。目の前のわたしと同時に昔を見つめるような瞳をしている。

「危ういこと？」

「そうさ。その人の心は、その人のもので、たとえ家族でも踏み込んではいけないし、心の形を他の人が勝手に定めてはいけない。特に本人が過ちを正してくれない亡くなった人の心はね。ここにいない人の想いをわかったつもりになって、自分の心を縛ってしまうと、そこから抜け出せなくなってしまうんだ」

漁港で羽猫くんを待っているときにわたしの心は揺らいだ。宝箱を羽猫くんに渡したいというチイちゃんの想いは、わたしが創ったチイちゃんの幻影が語ったことだ。わたしが勝手にチイちゃんの想いを定めて、ここまで来た。だけど、本当にそれがチイちゃんの望みなのか。わたしから羽猫くんへ宝箱を渡して欲しいとチイちゃんが願っているのか。

どうして、わたしはそう思ったのか。どうして、チイちゃんの幻にそう語らせてしまったのか。それはチイちゃんのためじゃない。自分のためだ。チイちゃんの宝箱を届けることで、自分が救われようとした。

蓋を閉じて地中に埋めていた真実とわたしは向き合う。

わたしは顎を上げて、気持ちを整えて、おばあちゃんの顔を見る。

「おばあちゃん」

「なんだい？」

「わたし、まだ誰にも言っていないことがあるの」

おばあちゃんがうちわを止める。虫の音色も静まった気がして、わたしは息を吸う。

「チイちゃんのこと」

「うん」

「おばあちゃんもチイちゃんが好きだったよね」

「当たり前だろ。夏子のことも千佳のことも大好きだよ。あの子はかわいそうだった。千佳のことを一日たりとも忘れたことはないよ」

なにを今更という顔をおばあちゃんがする。

「わたしがチイちゃんを殺したの」

わたしはその言葉を初めて口にした。今までずっと心の底にあって、蓋で塞ぎ見えなくしていた。蓋を開けて取り上げたら、その言葉は思ったよりも軽く、思ったよりも鋭く、わたしを刺した。刺された心臓が跳ね上がり、鼓動を速める。

おばあちゃんが、わたしの顔をじっと見つめる。そこになにかまちがいのようなものが紛れていないか確かめるように。

「夏子、なにを言っているんだい。そんなことあるはずないだろ」

「ううん。本当のことなの。わたしね、あの日、チイちゃんが目覚めなかった前の日の夜、チイちゃんとお話をして、二段ベッドの下の段で一緒に寝たの。その日はとても寒かったしチイちゃんはお熱を出したばかりだったから、わたしは自分の布団を上のベッドから下ろして、チイちゃんに掛けた。朝起きたら、わたしの布団の中でチイちゃんは目を覚まさなかった。わたしが布団を掛けたばっかりに、チイちゃんは息が詰まって、それで……、それで……」

激しく揺れ動く感情を宥《なだ》めて、しっかり話そうと試みた。だけど、言葉に詰まり、嗚咽が止まらず、夏なのに全身が震える。

「ごめんなさい……、おばあちゃんも、パパもママも大好きだったチイちゃんをわたしが殺してしまった……。わたしもチイちゃんが好きだし、ずっと一緒にいたかったのに。本当よ。

チイちゃんはいい子で、いい子で……」

わたしはチイちゃんを殺した。そのことがずっと心の底にあったから、わたしは将来の夢を持たないようにしてきた。罪を償っていない殺人者に未来はないのだから。

人を殺した罪がどうやっても消えないのはわかっている。だけど、少しでも贖罪になればと思い、羽猫くんに会ってチイちゃんの宝箱を渡したかった。

「夏子、おまえ、そのことをひとりでずっと抱えていたのかい……。かわいそうに……。傷ついた自分を他人に隠しているより辛いことはないよ。気づいてやれなかった私と私の娘を許してくれ」

「ううん、おばあちゃんもママもパパも悪くない。わたしが悪いのよ……。傷つけるつもりはなかったの。チイちゃんが寒くないように布団を掛けただけなの。だけど、チイちゃんは冷たくなってしまった」

誰にも話せなかった。ママは、わたしより自分に似ているチイちゃんが好きだった。わざとしたんじゃないとわたしが説明しても、ママが信じてくれるかわからなくて怖かった。

ライブへ行ったとき、白いドームに怯えたのは、チイちゃんに掛けた布団を思い出したからだった。

「あのときのわたしはまだ小学生だったけど、罪は罪。わたしはどんな罰も受けます。警察にも行きます。だって、悪いことをしたんだもの」

チイちゃんの宝箱を渡すまではと自分をごまかしてきたけど、わたしは自らの過ちと向き合わないといけない。

「違う。夏子はどこにも行かなくていい。千佳はかわいそうだったけど、夏子が悪いんじゃない。千佳は心臓の病気だったんだ。窒息したんじゃない。あの日、千佳の小さな心臓はひとりでに止まってしまった。それは誰にも予期できなかったことなんだ。だから、夏子が掛けた布団は関係ない」

「チイちゃんはわたしの布団の中で亡くなったのよ」

「不幸な偶然さ。私は看護師だよ。あの日、千佳が亡くなってすぐに神奈川の警察病院へ行った。そこで監察医から直接話を聞いたから間違いない。心臓発作が原因で、窒息が原因じゃない。警察は慎重に調べて自然死だと結論を出した」

「心臓の病気だとしても、わたしがチイちゃんの異変に気づいたら、チイちゃんは助かったよね？　チイちゃんが苦しんでいるときに、わたしは隣で気づかずにずっと寝ていたのよ！」

自分の愚かさを咎めるようにわたしは声を張り上げる。口から出た言葉は悲鳴のように甲高く響いた。

「解剖して初めてわかったことだけど、千佳の心臓には、生前の検査でわからなかった先天性の疾患があった。その疾患が原因だったんだ。だから、あの夜に助かったとしても、いずれ……。断言できることは夏子のせいでは絶対にないということさ。夏子を子供扱いして、きちんと話さなかった大人たちが悪いね。そのせいで、夏子はずっと辛い思いをしてきた。歳をとっても私はなにもできていない」

「お、おばあちゃん……」

わたしは涙を流す。おばあちゃんの言葉を聞いて、チイちゃんが亡くなってからわたしの周りをずっと覆っていた霧がずっと消え、夜露のように集まり、目から涙として零れる。

わたしは泣いた。泣きじゃくった。大声をあげて、身体を震わせて。こんなに泣いたのは生まれて初めてのことだ。チイちゃんが亡くなったとき、布団のことが頭から離れずに、わたしはうまく泣けなかった。言わなければいけない、いつかは自分の過ちを認めないといけない、そう思いながら今まで生きてきた。誰かに伝えればよかったのに、記憶に蓋をして、自分のうちで抱えてきてしまった。罪の意識から逃れるために、わたしはチイちゃんの幻を創造し、空想の物語に浸った。

本当のチイちゃんは、わたしをどう思っていたのか。自分とは性格が違うわたしを疎ましく思っていたのか。そんなわたしが自分より長く生きていることを許してくれるのか。亡くなった人の心を決めてはいけないとおばあちゃんに言われたけど、やっぱり考えてしまう。ここにチイちゃんがいれば確かめられるのに、それはもうできない。そのことがとても悲しい。

頬を伝い、顎から落ちた涙の粒が画用紙中央の空白に落ちる。

チイちゃんが遺した大事な絵が汚れてしまう。慌てて指で拭おうとするが、わたしの涙は画用紙に染みることなく、なにも描かれていない紙の部分にレンズのような形で浮かんでいる。

わたしは画用紙を顔に近づける。紙の白い部分に、なにかが描かれている。羽猫くんとチイちゃんの間に塗られた白いクレヨンが涙を弾いている。

わたしは画用紙を月に向ける。

月明かりを浴びた画用紙のなにもない白い部分に、透明な線が現れる。線は別の線へと繋がり、やがて絵が浮かび上がる。

人の顔だ。チイちゃんが白いクレヨンで描いたもの。

これは、わたしだ。家の壁に飾ってある家族の絵の中にいるわたしと同じ顔だ。

家族の絵の中に、チイちゃんが描いた犬を思い出す。犬と暮らしたかったけど駄目だと言われたから、わからないように白いクレヨンでチイちゃんは犬を描き足した。

チイちゃんは、羽猫くんとの絵の中に自分だけではなく、わたしも描いてくれたのだ。

羽猫くん、チイちゃん、そしてわたしが一枚の画用紙の中にいる。

絵の中のわたしは、チイちゃんと一緒に笑っている。

現実のわたしは泣いている。とめどなく流れる涙が、絵の中で笑うわたしの顔の下に滴り落ちる。顔の下でも、涙が弾かれる。

涙の粒で乱反射した月光がキラキラと輝き、新たな透明な線を浮かび上がらせる。

『おねえちゃん　だいすき』

覚えたばかりのひらがなで、チイちゃんが残したことば。

白いクレヨンで見えないように描いたのは、恥ずかしかったからなのか。気の強いチイちゃんらしい。性格は違っていたけど、わたしとチイちゃんはお話と現実の両方の世界で繋がっていた。

わたしは泣き崩れる。

震えるわたしをおばあちゃんが抱き寄せる。おばあちゃんの身体は骨ばってるけど、その分、芯にある温かみがわたしに伝わる。

わたしは、おばあちゃんにしがみつく。わたしが落ちていかないように、おばあちゃんが細く小さな身体でわたしを支えてくれる。

「千佳が今なにを思っているか、なにを望んでいるかは誰にもわからない。でも、ここに残した言葉は嘘偽りがない正真正銘の千佳の言葉だよ。千佳は夏子のことが大好きだった」

「おばあちゃん……」

すべてのつかえがとれたわけではないし、そのつかえは一生とれないかもしれないけど、身体が少し軽くなった気がした。

「夏子、あそこを見てごらん」

顔を上げると、おばあちゃんが山を指差していた。誰もいない山に、一条の黄色の光が流れる。

蛍だ。

まるで心臓の鼓動のようにゆっくりと明滅を繰り返しながら、蛍は山を背に飛んでいる。

「この時期に蛍とは珍しいね。蛍はね、亡くなった人の魂といわれているんだよ」

おばあちゃんが静かな声で言った。

虫の声と同じく、蛍の光もまた愛を求めるまたたきだ。

「チイちゃん……」

季節はずれの蛍に向かって、わたしは亡き妹の名を口にした。

6

わたしはカタンと共に眠った。縁側でおばあちゃんと話してから、畳に敷いた布団にカタンを招き入れた。

いつものように朝五時に起きて、布団を畳み、朝食の準備をはじめた。わたしがなにを告白しても、なにも変わらずに一日がはじまった。世界がなにも揺らいでいなかったことに、わたしは安堵した。

夜が明けると洋風から和風に戻る食卓で、ご飯を海苔で巻き、味噌汁を口にする。

「おばあちゃん、今日家に帰るね」

食べ終わると、わたしは言った。

「そうかい」

わたしがそう言うのを予期していたのか、おばあちゃんは軽く自然に頷いた。

「夏子が帰りたいと思ったのならそうすればいい。自分で考えて決めたということを覚えておきな」

「はい」

わたしは力強く返事をする。

ここに住みはじめてから、わたしの仕事になった洗い物に取り掛かる。

おばあちゃんは、家の奥にある自分の部屋でなにかしている。

帰ろうと決めたけど、普段と変わらない時間が過ぎてゆく。おばあちゃんの家があまりに居心地が良いので、なかなか腰が上がらない。このままだと、今日も山へ発掘に行っちゃいそうだ。

「そろそろ帰り支度しなさい。忘れ物をしないようにな。中学生の持ち物なんて年寄りには邪魔なだけだからさ」

気持ちが変わりそうな絶妙なタイミングで、部屋から出てきたおばあちゃんが声を掛けてくれたので、わたしは荷造りをはじめる。この家で暮らすのに使った歯ブラシや服をリュックに詰めた。チイちゃんの宝箱とカタンを手元に寄せる。

「おばあちゃん、わたしが発掘した土器のかけらをひとつもらっていい？」

「夏子が一生懸命に働いて得たものさ。持っていきな」

おばあちゃんにお礼を言って、割れないようにハンカチで包んだ土器のかけらをチイちゃんの宝箱に納める。これで、この宝箱はチイちゃんだけのものではなく、わたしたち姉妹のものになった。わたしは宝箱と共に日常へ戻り、宝箱と共に一生歩いていく。

「家に帰ったら、ママに叱られるね」

リュックの形を整えながら、わたしは言う。帰ると決めたけど、わたしはまだママに割り切れない思いを抱いている。親が子を思い色々としてくれていることは理解したつもりだけど、ママがわたしに放った尖った言葉を忘れていないし、それらのいくつかはまだわたしに刺さったままだ。自分がどのような態度をママにとるのか会ってみないとわたしにもわからない。

「まあ、そうだろうねえ。あの子は私と違って激しいところがあるからさ」

手を出さずに後ろでわたしの荷造りを見ていたおばあちゃんが、冗談めかして言う。

「アイドルに会うために宮崎まで来たと言っても、ママには理解できないしね」

わたしがそう言うと、おばあちゃんが押入れに近寄る。

襖を開けて、押入れの中をおばあちゃんが漁《あさ》る。奥から段ボール箱を引っ張り出す。

「ごらん」

わたしは箱の中を覗き込む。

「これは……」

「なんでも取っておくものだね」

おばあちゃんがしてやったりといった顔をした。

外から自動車のタイヤが砂利を踏む音がした。この家に誰かが来るのは珍しいし、まだ朝の七時前だ。

おばあちゃんの突っ掛けを履いて、縁側から庭に出ると、朝のひんやりとした空気が身を包む。

玄関の先で、朝靄が残る地面に車が停まっていた。

助手席のドアが開いて出てきたのはママだった。続いて運転席からパパが降りてきた。

「夏子……」

ママが近寄ってくる。まるで知らない人に会うみたいに、緊張した顔をしている。

「どうして、ここにいるってわかったの？」

久々に会った親に安心よりも戸惑いが先に生じ、詰問する声が口から出た。自らの口調で、自分が親をまだ完全には許していないことを知る。ここにいるとわたしは連絡していない。それなのに、なぜパパとママはここに来られたのだ。

「私が連絡したんだ」

背後からおばあちゃんの声が聞こえた。おばあちゃんが玄関からゆっくりと出てくる。

「いつの間に？」

「夏子が帰ると言っていると、さっき愛子に電話した。私と愛子はずっと連絡を取り合っていたんだ。夏子がここに来る前の日に、愛子から電話があって、家を出た夏子がここに寄るかもしれないと聞いた。夏子が来た日の夜に、私は愛子に頼んだ。私が一緒にいるから、夏子が帰りたいと言うまでここに居させてやってくれとね」

「川崎からこんなに早い時間にどうして来られたの？」

わたしが帰ると決めたのは今朝だ。それから飛行機を使っても、この時間には到着しない。

「宮崎市内のホテルにずっと泊まっていたから」

普段より小さな声でママが言った。その声は朝の静けさに呑まれていった。

「いつから？」

「夏子がここにいると母さんから連絡をもらって、ふたりで宮崎へ来た。すぐに会いに来たかったけど、母さんと話して、夏子の気持ちが定まるまで母さんに任せておくことにした」

「会社は？」

「おやすみをもらった。急な仕事はホテルからリモートで済ませた。ママね、夏子を待つ間、たくさん考えた。こんなにゆっくりと落ち着いて考えたのは生まれて初めてだったかも。それで気づいた。仕事も大事だけど、一番じゃない。私の代わりに仕事ができる人はいくらでもいる。だけど、夏子のそばにいられるのは私たちだけ」

話しているうちに、少しずつ力を取り戻したママの声が、朝靄を切り開く。

「チイちゃんのことはパパが悪かった。ごめんなさい。亡くなった原因を夏子にきちんと説明すべきだった。夏子を傷つけないように黙っていたつもりだったけど、それではうまく先へ進めないよね。まずはちゃんと話して、その上で一緒に考えればよかったんだ。辛いなら辛いと正直に言って三人で慰め合えばよかった。家族の中で隠すべきことなんてなにもなかった」

ママと並んで立つパパが言った。

パパとママを恨む気持ちはない。ふたりがわたしにしたことは完璧じゃなかったかもしれないけど、大人になったからって完璧な人間になれるわけではない。だって、今の不完全なわたしの先に、大人になったわたしがいるのだから。

「夏子」

おばあちゃんがわたしに言葉を掛ける。

「愛子は夏子を傷つけた。愛子を育てた私の責任さ。許しておくれ。でも、ひとつ知って欲しい。千佳が亡くなって、愛子も辛かったんだ。娘を喪って平気な母親がいるものか。愛子は子供を守れなかった自分を責めて、自分の心を傷つけていた。愛子は心療内科にずっと通院していた。良い先生が担当してくれて、以前よりは落ち着いてきたようだけどね」

「母さん……」

ママの口から感謝と驚きが混じった声が漏れた。

自分が楽になれたから、ママはわたしにも通院を勧めたのか。自分の心を痛めるほどママは苦しんでいた。わたしはママの気持ちをなにも知らなかった。自分のことばかりで、考えたことがなかった。

パパとママがわたしの前に立っている。おばあちゃんが近くにいて、わたしを見ている。三人の大人が、わたしの言葉を待っている。わたしの言葉によって、この先の人生が変わる分岐点に立つように。

口を開く勇気がない。なにを口走るか自分でもわからない。

そのとき、ボナサンズや美鈴さん、マチの顔が浮かんだ。様々な場所で会った人たちが嘘偽りなく話しなさいと言ってくれている。今のわたしはひとりじゃない。

「チイちゃんが亡くなって、わたしは寂しかった。わたしは学校で友達がいなくて、孤独だった。パパとママはわたしを傷つけないように離れた場所にいるようで、チイちゃんのことを話せず、家でもひとりになっちゃった。だから、チイちゃんの幻とわたしは話した。多分、わたしは毎日少しずつ傷ついていたんだと思う」

「ごめん……、ごめんよ……」

パパが泣きながら謝る。

「でも、傷ついたのはわたしだけじゃない。パパもママもおばあちゃんも、みんな傷ついた。自分のことばかりで、わたしは周りが見えていなかった。わたしね、旅をしながら色々な人に会ったの。お金もなにもないわたしに、みんな親切にしてくれた。いっぱい迷惑を掛けたと思う。でもね、この旅はわたしにとって必要なことだったの」

たくさんの人がくれた優しさのおかげで、今ここにいられる。とても感謝している。自分ひとりではなにもできない。多くの人に支えられて今の自分はここに立っている。

「旅をして、今までパパとママがわたしをどれだけ支えてくれていたのかよくわかった。一日三食のご飯と毎日休める家を用意するのはとても大変なこと。自分で暮らすために、いつかは本当の大人になってわたしは踏み出さないといけない。でも、もうしばらく、ママとパパと一緒にいさせて」

わたしは顔を上げて、わたしの家族を見る。

「夏子……。千佳を喪ったことで私は自分を責めてばかりで、夏子の姿が見えていなかった。苦しみから逃れるために、仕事に没頭するふりをして、夏子にも冷たく当たってしまった。夏子のためだと思い込んで、自分の理想を押しつけていた。ごめんなさい。こんな親だけど許してください……。私は夏子と一緒にいたい……」

ママが泣きながら頭を深く下げる。

久々に見るママはとても小さく感じられた。まるで少女のように。

「ママ、心配かけてごめんなさい」

ママがわたしを抱きしめる。パパがわたしとママを包む。二重の温かさが、朝の冷気と靄を退ける。

「わたし、チイちゃんのお墓参りに行きたい」

ママとパパがうんうんと頷きながら、一層強くわたしを抱きしめる。

「おばあちゃん」

わたしはおばあちゃんの方を向く。

「なんだい」

おばあちゃんがくしゃくしゃな顔をして、立っている。

「突然押しかけたのに、泊めてくれてありがとう」

「私こそ。夏子と暮らせて、若返ったよ」

おばあちゃんが涙を流しながら笑みを浮かべる。

「いつまでも元気で土器を見つけてね」

「もちろんさ、と言いたいところだけど、これからもずっと土器が見つかる保証はないよ。でも、一番大事なことは見つかることじゃなくて、探し続けることさ。私は夏子より何十年も長く生きてきて、それなりにやってきたつもりだけど、今でもなにが見つかって、なにが見つかっていないのかよくわからない。人生なんて、そんなものさ。夏子、無理せず、ゆっくりと歩いていきな」

「ありがとう。おばあちゃん」

わたしはおばあちゃんに抱きつく。おばあちゃんがわたしの頭を優しく撫でる。

「パパ、ママ、おうちへ帰ろう」

「ああ、帰ろう」

わたしたち三人は並んで歩きはじめる。

「千佳の宝箱を渡せていないけど、もう少し彼を捜さなくていいの？」

ママがわたしに尋ねる。

「いいよ、自分でそう決めたから。宝箱はわたしがずっと持ち続ける」

ふうん、そうなの、という顔をママがする。

「夏子、ライブへ行ったぐらいだから、あなたも本当はアイドルに会いたかったんじゃないの？」

ママが軽く毒を吐く。早くもいつものママに戻りつつある。ママらしい。今のわたしはむやみに反発する気はない。毒があれば中和すればいいのだ。

「ちょっと待っていて」

わたしは家に入り、さっきおばあちゃんが出してくれた段ボール箱を抱えて、ママの許へ戻る。

「なんだいこれは？　やたらケバケバしいけど」

箱の中をのぞいてパパが尋ねる。

「これは……。こんなものをよくとっておいたわね、母さん」

ママが首を曲げて、子供のいたずらを叱るような目をおばあちゃんへ向ける。

段ボール箱の中には、たくさんのアイドルグッズが詰まっていた。蛍光色のハッピ、今は中年男優としてドラマで活躍している元アイドルの笑顔が眩しいブロマイド、『ＬＯＶＥ』と書かれた派手なうちわ。

「昔の愛子はコンサートがあるとこれを持って、夜行バスで大阪や福岡へよく行ったもんだねえ」

おばあちゃんがにやにやして言う。

「僕らの若いときのアイドルだ。君が追っかけかあ、意外だねえ」

パパが感心する。

「若気の至りよ。夏子、注意しなさい、若いときの情熱は将来、黒歴史になるのよ」

「黒くても歴史として残るならいいんじゃない？」

わたしは優しく笑う。

朝靄は消えて、いつものように蟬たちが愛を歌いはじめた。


カタンはひとりで道を進みました。大きな川に架かる橋を渡り、棘だらけの森を慎重に抜け、霧がたちこめる山を越えました。

道は間違っていないはずなのに、いつまで経っても荒地の塔は見えてきませんでした。

疲れて足が動かなくなったので、カタンは岩に腰掛けて休みます。

どうしたらいいのだろう。こういうときにブルワイズがいてくれたら良い考えを教えてくれるのに。

僕ひとりではやはり無理なんだとうなだれると、腕のバングルが目に入りました。ブルワイズが残してくれたバングル。ブルワイズがいてくれたらと願うのではなく、ブルワイズだったらどうするか考えてみました。ブルワイズは、きっと歩き続けるはずだ。黒い森で、暗くても前を見て自分を保っていれば恐怖は寄りつかないとブルワイズは言っていた。見つからないと思って歩いたのでは辿り着けない。自分を信じて前を向いて歩き続けるしかない。

カタンは岩から腰を上げ、再び歩きはじめました。

同じような道が続きました。川や森に山、似た景色の中をカタンはずっと歩きました。何度も同じ橋を渡りました。それでも歩みをやめません。目的地が見えなくても、歩いていること自体が目的のように。

空を左右に分かつ細い線が遠くに現れました。目を凝らすと、それは空まで伸びる高い塔でした。

「あれが荒地の塔だ」

カタンは塔を見上げて言いました。

ゴツゴツとした荒地を抜けて、塔に近づき、重い扉を開けると、塔の中にはたくさんの魔物が手ぐすね引いて待っていました。コウモリの翼で飛び回る魔物、裂けた口から鋭い牙が飛び出した魔物、丸太のような腕を持つ魔物がカタンを囲み、睨みつけます。魔物たちの荒い息がカタンの顔にかかり、低い唸り声が耳を震わせます。

「前をあけてもらえませんか」

魔物たちに向かってカタンは言いました。

「俺たちを見ても怖くないのか」

魔物が不思議そうに言いました。

「怖くないよ」

「本当か？　俺たちはおまえより体は大きいし、顔つきも違う」

「でも、君たちは僕を傷つけたわけじゃない。見かけは僕とは随分違うけど、それはお互い様だ。君たちから見たら、僕の方が異形だ。それでも、心の形まで違うとは思わない」

カタンがそう言うと、魔物たちは囲いを解いて、道をあけてくれました。

「ありがとう」

カタンは塔の壁に沿って階段を上りはじめました。

階段は円を描きながら、上階へ繋がっています。カタンは階段を上っていきます。闇が被さっていて、上部は暗くてよく見えません。油断すると、階段から落ちてしまいそうです。上ってきた階段も消えてしまい、自分がどこまで進んだのかわからなくなりました。それでも、カタンは恐れません。自分を保って進めば怖いことはありません。

やがて、階段が終わり、扉が現れました。カタンは両開きの扉を力一杯引きました。

扉が開くと、たくさんの光が飛び出してきました。眩しくてカタンは目を細めました。

明るさに目が慣れてくると、広間の中央に人の姿が浮かび上がりました。魔女です。カタンよりはるかに大きく、長い髪を垂らし、闇夜のような黒い服を着ています。爪を伸ばした右手には尖った木の杖、左手にはきらきらと輝く珠《たま》があります。

「おまえはカタンだね。ふたりではなかったのかい」

大きな魔女がしゃがれた声で言いました。

「僕はひとりだけど、ひとりじゃない。友が一緒だ。僕にあとを託した友の想いがここにある」

カタンはブルワイズから受け取ったバングルを魔女に見せました。

「わたしを倒して、夢を持って帰るつもりなのかい？　この珠には人々の夢が詰まっている。わたしに手を出せば、この珠を粉々に壊すよ」

　魔女が杖の先を星屑が詰まったように輝く珠に向けました。

「どうして、みんなの夢を奪ったの？」

「わたしはこの塔にずっとひとりでいるから、夢を持つこともできやしない。そんなわたしのために魔物たちが国境を越えて人々から夢を奪ってきたのさ」

「他人の夢を奪っても、自分は少しも先へ進めないよ。夢を持っても持たなくても、自分の力で進んでいかないといけない。その途中で夢が見つかるかもしれないし、見つからないかもしれない。どちらでもいいと思うけど、夢を持つ人にはその珠はとても大事なものだ。みんなの夢を返して」

「わたしと戦うつもりかい？」

　大きな魔女が杖を構えます。

「戦わないよ。だって、きみは魔女じゃない。ただの子供さ。人の夢を奪って楽しむなんて大人のやることじゃない。そうだろ？」

　カタンが手のひらを大きな魔女に向けると、手首にはまったバングルが輝きはじめました。バングルから放たれた光が大きな魔女の額に当たりました。魔女の顔にひびが入り、身体が真っ二つに割れました。

　裂けた魔女の身体から少女が現れました。カタンよりも小さな少女です。

魔女の手からこぼれ落ちた珠をカタンは両手でキャッチしました。

「わたしね、呪いをかけられていたの。魔女の格好をさせられて、長い間ここに閉じ込められていたの」

床に座り込んだ少女が言いました。

「それは辛かったね。でも、君はみんなの夢を奪ったよね」

「ごめんなさい。どこにも行けず寂しそうにしていたわたしのために、魔物たちがたくさんの夢を集めてきてくれたの。色々な人の夢を覗き見るのはとても楽しかった」

「寂しいのはわかるけど、他人の夢を勝手に見てはいけないよ」

「どうして？」

「夢はその人にとって、とても大事なものだからさ。さあ、ここを出よう。デロンギ王国へ行き、みんなに謝って夢を返そう。僕もついて行ってあげるから」

少女はうなずきました。

夢の珠を抱えたカタンと少女は共に塔を出て、王国を目指しました。塔の前では魔物たちが並んでふたりを見送ってくれました。

エピローグ

羽田《はねだ》行きの飛行機の窓側にわたしは座り、滑走路を眺めている。隣にはママ、その隣にはパパがいる。わたしたちは離陸を待っている。

宮崎空港へ向かうレンタカーの車内で、わたしは今までの不満をママへぶつけた。英語英語と口うるさかったこと、いつまでも子供扱いしすぎること。ママはわたしの話を聞いたのち、いつものように反論しようとしたけど言葉をぐっと飲み込んで、わかったわ、私も変われるように努力する、と言ってくれた。

ママからわたしに要望はないの？　と訊いたら、黙っていなくなるのだけはやめてと震える声でママは答えた。娘をすでにひとり喪った母親に対して、わたしはなんて残酷なことをしてしまったのだろう。もう二度と無断で出て行かないと、わたしはママに約束した。

旅へ出る前にわたしの心に巣くっていた両親への反抗心は、霧が晴れたように消えた。今朝再会して、少し話しただけなのに、自分の気持ちが大きく変わったことがおかしかった。

気持ちを変えることができたのは、わたしの心のかたちが変わったからだ。

「いいお友達を持ったわね」

レンタカーの車内でママがマチを褒めてくれた。

新大阪駅で親たちに捕まったあと、マチがわたしの両親に話してくれたそうだ。わたしが心から羽猫くんに会いたがっていること、宮崎に着いたらおばあちゃんの家を訪れる計画だったことを説明し、ナッツにとって大事な旅だからもうしばらく見守ってほしいと頼み込んでくれた。

「よくママが納得したね」

「最後はパパも一緒になって私を説得したの。娘を信じろって。この人があんなに強く私に言ったのは初めてよ」

ママが視線を横に向けると、運転席のパパが照れた。

福岡の美鈴さんと陰で連絡をとっていたことをパパが教えてくれた。雇用契約書に自宅の電話番号を書いたこと、取引先に連絡するからと美鈴さんが部屋を出ていったことを思い出す。美鈴さんは、わたしの様子を親に報告していた。わたしは自力でここまで歩いてきたつもりだったけど、大人たちが手を繋いでできた輪の中にずっといたわけだ。でも、手を出さず陰で見守ってくれていたことに、今は感謝している。

美鈴さんにお礼を言いに、今度福岡へ一緒に行こうとパパが誘ってくれた。

飛行機はゆっくりと進み、滑走路へ入る。エンジンの音が一段と高まる。

宮崎空港の搭乗待合室で、武蔵小杉のマンションからママが持ってきてくれたスマホの電源を入れた。一斉に着信したたくさんの通知の中にマチからのメッセージはなかった。わたしが戻ってくるのを信じて、あえて黙っているのだ。

ちょっと考えてから、わたしは『これから帰るね』とマチにメッセージを送った。

『ハーゲンダッツを買って待ってるよ！』

マチが光の速さで返信してくれた。今は、それ以上のやり取りは不要だ。会ってから顔を見てたっぷり話せばいい。わたしと別れてからマチになにがあったのか、マチと別れてからわたしになにがあったのか、美鈴さんのこと、宮崎でのこと、そしてチイちゃんのこと。わたしたちには時間がたっぷりあるのだから。

メッセージのすぐあとにリンクだけが送られてきた。タップすると、ボナサンズが舞台で漫才をしている動画が流れた。

『俺が助けたのに、なんで奢らなきゃあかんねん。おまえが奢れや』

『なに言うてんねん。アンパンマンは助けた人に頭をちぎってあげるやろ』

わたしたちとの会話が漫才のネタになっていた。お客さんが爆笑している。ふたりの役に立てたのなら嬉しい。借りたお金を返しに大阪へ行ったら、彼らの漫才を今度は客席で観たいと思う。

もうひとつマチがリンクを送ってくれた。

すたぱれの公式サイトに掲載された羽猫くんのコメントへのリンクだった。すたぱれを卒業して、昔からの夢であるイラストレーターを目指すとある。回り道をしたかもしれないけど、羽猫くんは自分の夢と向き合うことができたんだ。

もう一度、マチのメッセージ画面に戻る。

メッセージの最後に並ぶアイスクリームのアイコンを見て、マチの夢はハーゲンダッツのアイスをお腹一杯食べることだと思い出す。母を喪った辛い過去を抱えて、マチは前を向き、将来と地続きの光の道をしっかりと歩んでいる。

将来の夢を提出する授業で、わたしは「夢を持たない」と書いた。あのときは未来を夢見る資格がないからそう書いた。

今のわたしには夢を語る資格があるのだろうか。あるとすれば、どんな夢を描くべきなのか。

夜中に目を覚ましたタカラちゃんにお話を聞かせたことをわたしは思い出す。カタンとブルワイズの日常を語ったお話を褒めてくれた美鈴さんの言葉が、わたしの真ん中を温めてくれている。わたしはお話作りが好きなんだと改めて思う。

いつかは、この夏の巡礼をカタンとブルワイズが冒険する物語として残したくなるかもしれないし、ならないかもしれない。物語を書いて暮らすことが将来の夢になるかもしれないし、ならないかもしれない。だから、今のわたしが未来のわたしを縛りたくない。だって、未来はなにも決まっていないのだから。

ボナサンズのように輝く夢が見つかるかもしれないし、彼女さんのように大切な人の夢を応援したくなるかもしれない、美鈴さんのように守りたいものとの生活を選ぶかもしれない、羽猫くんのように過去の夢を再び求めるかもしれない、おばあちゃんのように何十年も生きた先で夢に出会うかもしれない。

わたしは、これからなにかを見つけるために生きていくけど、一生かけても見つからないかもしれない。それでもいいと今のわたしは思える。

なにかを見つけるためにさまよい歩くことも夢だと思うから。

夏の巡礼を通じて、わたしは自分がなにも知らないことを知った。十三歳のわたしが持っているものは、まだわずかだ。ラーメンの作り方も、土器の探し方も知らなかった。この世界には、わたしが知らないことがまだまだたくさんある。ママとパパと一緒に暮らしながら、わたしは色々なことを吸収し、新しいことを体験したい。知識と経験はわたしの力になり、力は自信になる。

将来、蛹から羽化したわたしは親が住むタワーから蝶のように羽ばたきたい。

離陸開始を告げる機内アナウンスが流れる。日本語に続く英語のアナウンスは内容までは理解できなかったけど、いくつかの単語は聞き取れた。誰かの声が邪魔することはなかった。英語は魔女の呪文ではなく、何億もの人が毎日話す暮らしの言葉だ。そんなこともわたしは忘れていた。

飛行機が加速をはじめた。シートに背中がはりつく。機首が傾き、わたしは自然と空を向く体勢になる。

わたしを乗せた飛行機はあっさりと空に浮かび上がる。

窓の外に青空が広がる。空の先にある天上にはチイちゃんの魂があるのかもしれない。どんなに腕を伸ばしても、その魂に手は届かない。だけど、地上にはチイちゃんを覚えているパパとママ、おばあちゃん、美鈴さん、そしてわたしがいる。チイちゃんの思い出が蠟燭の火のように地面を照らす。

風向きの関係なのか、飛行機は東の太平洋ではなく西の内陸にまず向かい、街の上空でゆっくりと旋回をはじめた。機体が大きく傾き、輝く太陽が窓に入り込む。

眩い陽の光にわたしは手を翳《かざ》し、目を細める。

了

本書は第12回ポプラ社小説新人賞奨励賞受賞作『夏のピルグリム』を加筆したものです。

高山　環（たかやま・かん）
『夏のピルグリム』で第12回ポプラ社小説新人賞奨励賞を受賞。
『ふたりの余命　余命一年の君と余命二年の僕』
（宝島社文庫）でデビュー。

著 者 高山環
発行者 加藤裕樹
編 集 稲熊ゆり
発行所 株式会社ポプラ社
〒141-8210東京都品川区西五反田3-5-8
JR目黒MARCビル12階
一般書ホームページ www.webasta.jp
校 閲 株式会社鷗来堂
印刷・製本 中央精版印刷株式会社

二〇二四年七月十六日 第一刷発行

夏のピルグリム

N.D.C.913/284P/19cm/ISBN978-4-591-18223-9 P8008463

エヴァーグリーン・ゲーム

石井仁蔵

世界有数の頭脳スポーツであるチェスと出会い、その面白さに魅入られた4人の若者たち。彼らは己の全てをかけて、チェスプレイヤー日本一を決めるチェスワングランプリに挑む。チェスと人生がドラマティックに交錯するエンターテイメント作！

第12回ポプラ社小説新人賞受賞作。

遠い町できみは

高遠ちとせ

母を亡くした小学校六年生の鳴海翔は、遠い町の祖母の家に預けられた。寂しさをこらえて新しい暮らしに慣れようとするが、そこには一筋縄ではいかない大人の世界があった――。過酷な現実から明日に向かって踏み出していく勇気の物語。第12回ポプラ社小説新人賞〈特別賞〉受賞作。